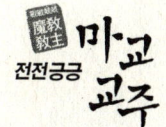

김현영 新무협 판타지 소설
FANTASTIC ORIENTAL HEROES

전전긍긍 마교교주 2
김현영 新무협 판타지 소설

초판 1쇄 찍은 날 § 2009년 11월 23일
초판 1쇄 펴낸 날 § 2009년 11월 30일

지은이 § 김현영
펴낸이 § 서경석

편집장 § 문혜영
편집 § 서지현

펴낸곳 § 도서출판 청어람
등록번호 § 제1081-1-89호
등록일자 § 1999. 5. 31
어람번호 § 제2-1849호

주소 § 경기도 부천시 원미구 심곡2동 163-2 서경B/D 3F (우) 420-822
전화 § 032-656-4452 팩스 § 032-656-4453
http://www.chungeoram.com
E-mail § eoram99@chollian.net

ⓒ 김현영, 2009

ISBN 978-89-251-2005-8 04810
ISBN 978-89-251-2003-4 (세트)

※ 파본은 구입하신 서점에서 교환하여 드립니다.
※ 저자와 협의하여 인지를 붙이지 않습니다.
※ 이 책은 도서출판 청어람과 저자자의 계약에 의해 출판된 것이므로,
    무단 전재 및 유포·공유를 금합니다.

전전긍긍
마교
교주

戰戰兢兢
魔敎
敎主

2
안배

김현영 新무협 판타지 소설
FANTASTIC ORIENTAL HEROES

第一章	녹림의 역습	7
第二章	명의를 찾아라	29
第三章	와선신의를 찾아	59
第四章	맹세	91
第五章	녹림의 신기막측 고문술	117
第六章	가려운 귀	141
第七章	때가 되었도다	163
第八章	안배를 향해	197
第九章	지주현공	229
第十章	방문자들	249
第十一章	지주현공 발현	271

第一章
녹림의 역습

전전긍긍
마교교주

해질 무렵, 녹림왕은 녹림의 운명과 미래의 영광을 위해 손약란, 은염교, 공추산을 한자리에 불렀다. 간밤의 용사 중 청뇌묘산만 빼고 모두 모인 것이다.

모두 득의만면한 표정이 떠올라 있었다. 실패는 있을 수 없다는 자신감의 표출이었다.

녹림왕은 먼저 청뇌묘산에 대해 물었다.

"부채주 청뇌묘산은 어찌 되었느냐?"

청뇌묘산의 역할은 이번 '유강 독살 작전'에 있어 매우 중요한 요소였다. 녹림의 충성을 과시하고, 악적의 신뢰를 얻기 위해 손약란은 누군가 희생 제물이 필요하다고 말했고, 적합한 인물로 청뇌묘산이 뽑힌 터였다.

은염교가 바로 대답했다.

"부채주는 당분간 운신하기 어려워 보입니다."

"흠, 그렇게나 심각하더냐?"

"풍천이란 자가 부채주에게 '네놈의 좋은 머리를 주군을 위해 사용할 생각은 없느냐?'고 물었습니다."

"그래서?"

"풍천은 미처 부채주가 대답을 하기도 전에 분근착골을 시전했습니다. 굵은 뼈란 뼈는 모조리 분질러 버리고, 잔뼈는 마디마디가 어긋나고 말았습니다."

"흐음."

녹림왕이 다시 옅게 신음을 발했다. 듣는 것만으로도 오금이 저려왔다.

은염교가 말을 이었다.

"부채주는 연신 말을 하려고 노력하는 것 같았습니다. 소인이 뒤에서 지켜보기론 '모든 지혜를 다 짜내겠습니다'라고 말하고 싶어하는 듯 보였습니다. 그러나 풍천은 부채주가 입을 열려고 하면 말을 못하게 목을 조르고 부러진 뼈마디를 움켜쥐었습니다."

듣고 있는 모두가 화음처럼 신음 소리를 냈다. 은염교의 목소리가 비분강개해지며 높아졌다.

"부채주가 할 수 있는 것이라곤 가까스로 비명을 내지르는 것이 전부였습니다. 저도 나름 잔인하다고 생각했지만 그놈에 비하면 매우 순한 양이었다는 것을 깨닫게 될 정도였습니다. 정말이지, 도저히 상종할 만한 인간이 아니었습니다."

"마음이 아프구나. 하지만 청뇌묘산이 목숨을 건진 것만도 다행스러운 일이지."

녹림왕이 손약란을 돌아보며 말을 이었다.

"네가 수고가 많았다. 네가 묘수를 냈지만 또 너의 말로 청뇌묘산의 목숨을 살린 것이 아니냐. 네가 훗날 쓸모가 있을 것이라는 말을 하지 않았다면 지금쯤 청뇌묘산은 싸늘한 시체가 되어 있을 것이다. 내 딸이라는 것이 자랑스럽구나."

손약란이 어깨를 으쓱했다.

"아버지, 난 그냥 죽여 버리라고 했어."

녹림왕과 은염교, 공추산이 입을 쩍 벌렸다.

손약란이 배시시 웃었다.

"그 편이 훨씬 더 믿음을 살 수 있는 거잖아. 다들 표정이 왜 그래? 목숨 하나쯤 잃는다고 하늘이 무너지는 것도 아니잖아. 원래 여분으로 두세 개씩은 다들 가지고 다니잖아?"

"무슨 헛소리냐!"

"아버지, 내가 이번에 풍천이랑 다니면서 느낀 건데, 강호가 예전 같지 않더라고. 아주 사나워졌어. 수틀리면 막 자결하는 것이 요샌 대세야. 녹림도 새 흐름을 받아들이지 않으면 뒤처지고 말아."

녹림왕은 한동안 딸을 노려보다가 질렸다는 듯 고개를 내저었다. 그의 시선이 공추산에게 가 닿았다.

"애송이 유강이 오전 식사와 오후 식사를 말끔히 비웠다고 했겠다?"

 "네, 그렇습니다. 역시 이상한 놈이었습니다. 언제 변덕을 부렸냐 싶게 흡족히 식사를 마쳤습니다."

 공추산이 대답했다.

 "의심은?"

 "없었습니다."

 "호재로군."

 "호재는 그뿐이 아닙니다. 하늘이 녹림을 버리지 않았음인지, 점심때는 유강과 풍천이 함께 식사를 했습니다. 이는 곧 저녁 독살 작전에서 그 둘을 한꺼번에 보내 버릴 수 있음을 뜻합니다."

 "후후, 최상이로구나. 화홍독 상태는 어떻더냐?"

 은염교가 대답했다.

 "멧돼지 세 마리로 독의 성능을 시험해 봤습니다. 이십 년 동안 묵혀두어 염려했으나 도리어 독성이 사나워진 것 같습니다. 멧돼지들이 소리도 지르지 못하고 즉사했습니다."

 "비율은?"

 "물통에 한 방울을 떨어뜨렸을 뿐입니다."

 "독향은?"

 "전혀 맡을 수 없었습니다. 화홍독이 왜 '무색무취의 저승사자'라고 불리는지 새삼 놀랐습니다. 송구합니다만 그 와중에 불상사가 한 건 있었습니다."

 "뭐냐?"

"멧돼지를 시험하기 전에 갈파천이 손끝으로 찍어 맛을 보다가 즉사해 버리고 말았습니다."

"쯧쯧… 갈파천이 스스로 인체 실험을 해준 셈이 되고 말았구나."

"훗날 그의 이름은 녹림에 길이 남을 것입니다."

"그건 아니고……."

녹림왕이 못마땅하다는 듯 입술을 실룩였다.

그러나 지금은 은염교를 책망하고 있을 때가 아니었다.

시간이 다가오고 있다.

계획은 완벽하다.

녹림은 새로운 평화를 얻게 된다.

생각이 거기에 미치자, 녹림왕의 표정은 곧 밝아졌다.

"좋아, 시작해 보자. 최후의 만찬을!"

손약란과 은염교, 공추산도 그에 맞춰 음흉한 눈빛을 교환했다.

한 소식이 빠르게 녹림을 휩쓸었다.

녹림왕이 몸소 저녁 음식을 나른다는 말이었다.

남자가 주방에 드나드는 것도 혀를 찰 일인데, 녹림왕이 점소이처럼 잡일을 한다는 것에 녹림도들은 비분강개하며 눈물을 쏟았다. 심지어 몇몇은 자결을 시도하려다 제지당하기까지 했다.

오늘 음식을 나른다는 것은, 내일이면 더 험하고 궂은일을 할 수도 있다는 것이다. 녹림도들은 앞으로 녹림의 왕이 온갖 모욕을 당한다는 생각에 울분을 토해냈다.

이는 녹림왕이 암살 계획을 철저히 수뇌부에게만 알리고, 입단속을 시켰기 때문이다.

녹림왕은 손약란, 은염교, 공추산과 함께 주방으로 들어갔다. 오늘 저녁 요리의 꽃은 오향육장이었다.

녹림왕이 완성된 요리를 내려다보며 흐뭇하게 미소를 머금었다.

"보는 것만으로도 혀가 녹아내릴 듯하군."

마음을 졸이던 특급살수가 즉시 머리를 조아렸다.

"제 혼을 담았습니다. 옆에서 사람이 죽어나가도 모를 정도로 맛은 보장합니다."

그러니 제발 목숨을 살려달라는 말이 생략되어 있었다.

녹림왕이 고개를 끄덕였다.

"수고했다. 이 요리가 몇 사람을 보낼 정도로 훌륭하다면 내일 아침 곧바로 돌려보내 주겠다."

"감사합니다. 감사합니다."

"이제 나가보라."

숙수가 주방을 나가자, 녹림왕이 은염교를 향해 눈짓을 보냈다.

은염교가 화홍독이 담긴 옥병을 꺼내 오향육장 위에 빠짐없이 뿌렸다.

내심 염려했으나 요리의 향이나 색은 전혀 변함이 없었다.

절로 웃음이 떠올랐다.
녹림왕이 오향육장을 쟁반에 받쳐 들었다.
은염교, 공추산, 손약란이 각기 다른 요리들을 들었다.
녹림왕이 말했다.
"명심해라. 최대한 자연스러운 표정을 지어야 한다. 부채주 청뇌묘산이 극심한 고문을 당했으니 두려운 기색도 드러낼 필요가 있겠지."
세 사람이 진중히 고개를 끄덕였다.
줄줄이 쟁반을 받쳐 들고 걸음을 옮겼다.
미리 계획을 전해 들은 십령주와 대주들이 녹림도들이 어슬렁거리지 않도록 통제한 탓에 이동 중에 별다른 소란은 일지 않았다.
도유강이 머물고 있는 전각에 진입했다.
풍천은 문 입구에 석상처럼 서 있었다.
"응?"
풍천이 줄을 지어 다가오는 녹림왕 무리를 보고 고개를 갸웃했다.
"왜 너희가 직접 요리를 나르는 것이냐?"
녹림왕이 진지한 표정으로 대답했다.
"저는 과거 녹림왕이었으나 지금은 그저 충성스러운 종에 불과합니다. 마음 깊이 아로새겨진 충성을 주군께 보여 드리고자 이렇듯 직접 음식을 가져왔습니다."
말에 맞춰 손약란과 은염교, 공추산이 머리를 조아렸다.

풍천이 천천히 고개를 끄덕였다.

"너희의 충성에 내 마음이 뜨거워지는구나. 훌륭하다. 필시 주군께서도 크게 기뻐하실 것이다."

"주군의 기쁨이 저의 기쁨입니다."

"흠."

풍천이 주먹을 살짝 말아 쥐고 입에 가져다 댔다.

그러나 그 상태로 전혀 문에서 비켜날 생각이 없어 보였다.

녹림왕이 조심스럽게 말했다.

음성에 조바심이 섞이지 않도록 주의했다.

"풍천님, 음식이 식습니다. 주군께 최상의 요리를 전해 드리고 싶습니다."

"아니야. 이건 아니야."

풍천이 고개를 저었다.

녹림왕은 가슴이 뜨끔해 하마터면 쟁반을 놓칠 뻔했다.

"무슨 말씀이신지······."

뒤쪽에 선 세 사람도 일이 잘못된 것 같아 두근거리는 심장 소리가 퍼져 나가지 않도록 호흡을 조절해야 했다.

풍천이 연신 고개를 저었다.

"아니야. 이건 잘못됐어."

"하하하! 소인의 짧은 생각으로는······."

녹림왕이 애써 태연한 척 웃어 보였다.

풍천이 바로 말을 잘랐다.

"그래, 너같이 하찮은 녹림왕 따위가 충성스러운 면모를 보이고 있단 말이지. 그런데 심복 중의 심복, 주군의 오른팔인 내가 가만히 있어서야 되겠느냐?"

십년감수가 이런 것일까. 녹림왕은 내심 안도하고 멋쩍게 웃었다. 뒤의 세 사람도 비굴한 웃음을 지었다. 심장 박동도 다시 원래대로 돌아왔다.

풍천이 결심한 듯 입을 앙다물다 툭 내뱉었다.

"그게 좋겠군. 주군께서 드시기 전에 내가 혹시 독이 있는지 시식을 해보도록 하겠다. 뭐, 형식적이긴 하지만 의미는 있을 게야."

딸그락!

갑자기 그릇 부딪치는 소리가 나자 모두들 소리를 쫓았다.

은염교였다.

은염교는 얼굴색이 하얗게 질려 버린 터다.

"죄, 죄송합니다. 주군의 존안을 뵙게 된다는 생각에 그만 긴장되어……."

"하하하!"

풍천이 만족스럽게 웃으며 말했다.

"누구라도 그럴 만하지. 주군 앞에 서면 그 옥체에서 뿜어지는 빛에 눈이 멀어버릴 지경이 되고 말거든."

말 같지도 않은 소리였지만 그것을 비웃고 있을 여유 같은 건 없었다. 녹림왕과 손약란, 공추산은 하얗게 질린 은염교가 의심에서 벗어난 것만으로도 안도하기에 바빴다.

"자, 그럼 어디 보자. 흠, 저녁 요리가 꽤 많군. 다 맛보긴 그러니 주요리만 시식하겠다."

녹림왕이 얼른 쟁반을 치켜들었다.

"오늘 저녁 요리의 꽃인 오향육장입니다."

사실 녹림왕은 시식한다는 말을 들었을 때만 해도 은염교와 마찬가지로 간이 떨어져 나가는 것 같았다. 하지만 그때 손약란의 전음이 그를 일깨웠다. 풍천이 먼저 독살당한다면 유강 정도야 득달같이 달려들어 해치워 버리면 그만이라는 말이었다.

맞다. 한 입, 오직 한 입이면 끝이었다.

풍천이 젓가락을 들었다.

"흠, 오향육장이라…… 맛을 보도록 하지."

풍천이 오향육장의 고기 한 점을 베어 물었다.

식도로 미끄러지듯 내려가는지 목젖이 일렁였다.

녹림왕은 쾌재를 불렀다.

성공이다! 예상은 했지만 이렇게 간단하게 뜻을 이루다니!

움츠린 어깨? 이젠 펴야 할 때였다.

주눅 든 음성? 그런 건 무엇인지 모른다.

녹림왕은 호탕하게 웃음을 터뜨렸다.

"하하하하하!"

"하하하하하!"

웃음을 또 다른 웃음이 받았다.

풍천이었다. 녹림왕은 마주 웃는 자의 정체를 파악하고 웃음을 뚝 그쳤다.

"역시 훌륭한 맛이로군. 네놈이 웃을 만하다."

풍천은 대견하다는 듯 녹림왕의 어깨를 두드리기까지 했다.

활짝 펴졌던 녹림왕의 어깨가 급격히 위축되었다. 심장은 있는 대로 오그라들고, 몸속의 피가 바싹바싹 말라갔다.

'이, 이 새낀 정말 도대체 뭐지?'

독의 효과는 충분히 검증했다. 세 마리의 돼지뿐 아니라 갈파천이 희생으로 증명해 보였다. 만약 검증이 없었다면 녹림왕은 무례함을 무릅쓰고 자신도 오향육장을 한 점 먹어보았을 것이다.

금강불괴로 놀라게 하더니 이젠 만독불침이었다.

뒤에 서 있던 손약란과 은염교, 공추산은 숨도 제대로 쉬지 못했다. 그들은 두려움이 휘몰아쳐 있는 힘껏 이를 악물어야 했다.

'다 죽는다.'

머릿속에서 긴급 경고음이 격렬히 울려댔다.

아무것도 통하지 않는다. 회의 때 언급되었던 것처럼 폭뢰로 터뜨려도 화염 속에서 뚜벅뚜벅 걸어나올 놈이었다.

끝났다.

풍천이란 놈은 독을 탄 사실조차 모를 정도로 항독체였다. 뭔가 맛이 이상한데, 라는 중얼거림도 없이 그저 맛이 좋다고 처웃다니! 이건 충성된 심복으로서 할 짓이 아니잖은가. 혹시 모를 위험을 탐지하랬더니 독의 유무가 아닌 맛의 유무만 점검하고 말았다.

이대로 진행된다면······.

유강은 죽고 말 것이다.

그리고,

녹림도 전멸!

흑룡방이 몰살당하고 파묻은 지 하루가 채 지나지 않았다. 녹림 수뇌부가 아는 한 흑룡방이 몰살당한 이유 같은 건 없었다. 그놈들은 눈에 거슬리는 존재에 불과했다. 그저 산을 오르는데 거치적거리니까 죽여 버린 것이다.

하물며 그러할진대 풍천의 존재의 이유인 유강이 독살당한다면 녹림은 죽는 것조차 쉽지 않을 터였다.

녹림왕의 머리가 급기야 하얗게 변해 버리고 머릿속에 아무것도 떠오르지 않게 되었을 때다.

[아버지, 빨리 쟁반을 떨어뜨려! 쏟아버리라고!]

손약란이 빠르게 전음을 보냈다.

이 계획은 이미 글렀다. 음식을 쏟아버리는 것만이 유일한 생명줄이었다. 그 대가로 몇 대 맞더라도 온전한 음식을 새로 장만하면 되는 것이다.

"어… 어?"

녹림왕이 실수인 척 재빨리 쟁반을 잡은 왼손을 놓았다. 쟁반이 균형을 잃고 기울어졌다.

척!

"이런이런, 조심해야지."

풍천이 쟁반을 붙들었다. 오향육장은 살짝 흔들렸을 뿐, 형태가 일그러지지도 않았다.

녹림왕이 풍천을 바라봤다.

동공이 사정없이 흔들렸다.

'이 새끼야, 네놈의 주군을 죽일 셈이냐! 그리고 우리도 좀 살자!'

풍천이 말했다.

"오향육장의 맛이 특별하니 내가 직접 들고 가겠다."

생사가 달린 문제였다. 쟁반을 놓는다는 건 목숨을 건네는 것과 다름없었다.

녹림왕이 이를 악물고 쟁반을 꽉 붙들었다.

애송이 유강 앞에 이르는 동안 요리를 쏟아버릴 기회는 충분했다. 그 기회는 포기할 수 없는 생의 마지막 등불이었다.

"놓으라고 했을 텐데."

풍천이 어르듯 뇌까렸다.

녹림왕이 눈을 부릅떴다.

흰자위에 핏줄이 자글거리며 피어나고, 눈을 뜬 채로 눈물이 흘러나왔다.

풍천이 고개를 갸웃했다.

"우네?"

"오향육장은 최고급 음식입니다. 제가 주군께 직접 들고 가고 싶습니다. 충성을 보이고 싶습니다."

눈 한 번 깜박이지 않았는데 눈물이 볼을 타고 턱에 고였다.

"그만하면 됐다. 네 충성은 내가 주군께 상세히 설명할 테니 염려 마라. 네가 주군을 정 뵙고 싶다면 손약란의 요리 쟁반을 들어라."

"안 됩니다."

"하하하하!"

풍천이 웃음을 터뜨렸다.

그러더니 몸을 숙여 녹림왕의 귀에 대고 속삭였다.

"이 새끼야, 얼른 놔라. 죽여 버리기 전에."

녹림왕이 힘없이 손을 내렸다. 이래 죽으나 저래 죽으나 매한가지였다. 그렇다면 주군이라는 애송이가 먼저 저 세상으로 떠나는 것을 본 뒤에 죽는 것이 나았다.

풍천이 안으로 들어가자, 녹림왕은 딸과 두 수하를 멍하니 바라봤다. 쳐다보긴 해도 눈에 초점 따위는 없었다. 그의 두 눈동자는 '다 끝났다'라고 말하는 것 같았다.

그때 손약란이 전음을 날렸다.

[아버지, 아직 끝난 건 아니야. 해독약이 있잖아.]

녹림왕의 눈이 황소처럼 커졌다. 희망의 불꽃이 점화되는 순간이었다.

[맞아, 그렇지. 해독약을 가져와야 해.]

[그 말이 아니야. 해독약을 쓰기엔 늦었다고. 해독약을 모조리 버려야 해. 그리고 남은 화홍독도 전부 버려. 증거를 없앤 후에 입을 닦으면 돼.]

[무슨 소리냐?]

[화홍독을 버리기 전에 극히 미량을 우물에 타는 거야. 이 미련퉁이 아버지야, 모르겠어? 우리가 독을 탄 것이 아닌 것처럼 꾸미란 말이야. 우리도 피해자가 되어야 해. 애들 몇 명에

게 강제로 먹여. 다 죽는 것보단 낫잖아. 어차피 흑룡방과 싸웠다고 치면 희생은 더 적은 셈이야. 내가 시간을 끌어볼 테니 얼른 뛰어. 빨리!]

녹림왕은 고개를 정신없이 끄덕였다.

시간이 없었다. 서둘러도 빠듯하다.

그는 미친 듯이 신형을 날렸다.

손약란을 낳길 잘했다. 우물에 독을 탄다. 한 방울은 너무 많다. 눈곱만큼이면 되겠지.

녹림왕이 자리를 뜬 후, 손약란은 재빨리 은염교와 공추상에게도 전음으로 상황을 설명했다.

"들어오지 않고 왜 머뭇거리고 있지?"

안쪽에서 풍천의 음성이 들렸다.

손약란 등이 안으로 들어가 탁자 위에 요리를 차례로 내려놓았다.

도유강은 아직 젓가락도 들지 않은 상태였다.

풍천이 자신이 먼저 시식을 해보았노라며 나름 너스레를 떨고 있었다.

"주군, 염려 마시고 드십시오. 맛이 훌륭합니다."

손약란은 잽싸게 머리를 굴렸다.

그녀는 은염교를 향해 전음을 날렸다.

[야, 은염교!]

은염교가 눈동자만 돌려 손약란을 바라봤다.

[네가 오향육장을 먹어!]

녹림의 역습 23

은염교의 눈이 휘둥그레졌다.

손약란의 전음이 이어졌다.

[놀라지 말고, 이 새끼야. 얼른 한 점만 먹어보겠다고 말해. 그리고 먹고 죽어! 그럼 유강이도 살고 우리 모두 사는 거야. 네 한목숨 바쳐 녹림을 구하란 말이다. 목숨 따윈 그러라고 있는 거잖아.]

은염교가 시선을 거두고 천천히 고개를 저었다.

목이 뻐근하긴 한데 자리가 중한지라 조심스럽게 돌리는 것처럼 보이는 동작이었다.

손약란은 아랫입술을 깨물고 은염교를 노려봤다.

[귀신이 돼서 널 괴롭혀 주마. 이 망할 새끼.]

그녀가 불쑥 입을 열었다.

"주군께 아룁니다. 소녀, 오향육장을 맛보고 싶습니다.

도유강이 뭐라 반응하기도 전에 풍천이 나직이 말했다.

"무례하다. 일이 끝났으면 당장 물러가라."

손약란은 오향육장을 쳐다보며 침까지 꼴깍거리며 간절한 눈빛을 보냈다.

"어허!"

"풍천님, 양도 많지 않습니까? 부디 부탁드려요."

"두 번 말하게 하지 마라."

풍천은 단호했다.

손약란이 쌍심지를 켰다.

"풍천님, 그동안 동행하며 정도 들 만큼 들지 않았는지요.

우리가 이 요리를 나누지 못할 만큼 하찮은 인연이라고 생각하시나요? 그러니 제발 고기 한 점만 먹자, 이 씨발 놈아!"

"이런 못된 년!"

풍천이 손을 들어 올렸다.

도유강이 버럭 고함을 내질렀다.

"멈춰라, 풍천! 흥겨워야 할 식사 자리에서 무슨 짓을 하려는 것이냐!"

풍천이 손을 거두고 머리를 조아렸다.

도유강은 손약란을 바라봤다.

손약란의 성질이 원래대로 돌아온 것을 기뻐해야 하는 것인지 화를 내야 하는 것인지 헷갈렸다. 그래도 차라리 이 모습이 더 낫다 싶었다.

"약란, 내 따로 접시에 덜어둘 테니 뒤에 먹도록 해라."

"감사드려요."

손약란이 살포시 웃었다.

그녀로서는 나름 성공이었다. 먹고 죽음으로써 혹시 모를 대참사를 막으려고 했는데 자신도 살고 의심도 걷어낼 수 있게 되었다. 이렇게 무턱대고 오향육장을 먹겠다고 달려들었으니 독을 탔다고는 생각지 않을 것이다. 이제 아버지가 제대로 일을 처리하면 녹림은 손쉽게 제삼자의 입장에 설 수 있었다.

손약란과 은염교, 공추산이 방을 나섰다.

도유강이 젓가락을 들었다.

오향육장이 도대체 얼마나 대단하기에 저리 광분하나 호기심이 일었다.

한 점을 집어 올렸다. 입 부근에 이르렀을 뿐인데 고급 육질의 고소하면서도 담백한 향이 풍겼다.

"향이 좋구나."

"맛도 예술입니다."

풍천이 장단을 맞췄다.

입 안에 넣자 고기가 스르르 녹는 듯했다.

"하아, 훌륭하구나."

감탄사가 절로 나왔다. 도유강은 빙그레 웃었다.

"역시 약란이 먹고 싶어할 만하구… 커억!"

도유강은 말을 맺지 못하고 목 줄기를 움켜잡았다.

"주군!"

풍천이 방이 떠나가라 외쳤다.

도유강은 눈이 뒤집혔다. 입으로는 거품을 뿜어내고, 온몸을 발작하듯 떨며 의자에서 모로 쓰러졌다.

풍천이 도유강을 붙들어 바닥으로 눕혔다.

파파팍!

풍천이 손을 번개같이 움직였다. 심장을 보호하기 위해 순식간에 상체 스물여덟 곳의 혈도를 점했다.

"주군, 힘을 내십시오."

풍천이 품에서 환약을 꺼내 자기 입에 넣고 씹어 흐물거리게 한 다음, 도유강의 입에 밀어 넣었다.

소림사에 대환단이라는 영단이 있다면 마교에는 혼원단심환이 있었다. 오로지 마교의 지존만이 취하고 또 허락할 수 있는 것으로, 풍천은 아수라천마 생전에 세 알의 혼원단심환을 받았다. 두 알은 극강한 무공 연마를 위해 아수라천마의 명령으로 풍천이 복용했고, 훗날 도유강을 보필하는 중에 발생할 수 있는 불의의 위기 상황을 위해 한 알을 남겨두게 한 것이었다.

혼원단심환이 효력을 발휘하는지 도유강의 발작이 멈췄다. 그러나 얼굴은 검게 물들고 눈에는 신지가 없었다. 열흘 정도는 족히 날밤을 새운 사람처럼 동공이 풀려 있었다.

풍천은 도유강의 상체를 세워 앉은 자세가 되게 한 후, 등 뒤로 돌아앉아 왼손으로 쓰러지지 않도록 어깨를 붙들고 오른손으로는 명문혈에 대고 내력을 불어넣었다.

"흐으음."

옅게 도유강이 신음을 흘렸다.

풍천은 계속해서 진기를 불어넣으며 심장 부위의 기혈을 보호하는 데 전력을 기울였다. 이미 혈도를 점해 독의 침투를 막은 데다, 혼원단심환에 이어 내력으로 기혈의 헝클어짐을 정립했다.

풍천이 명문혈에서 손을 뗐다.

도유강은 축 처져 힘없이 숨을 내쉬고 있을 뿐이었다.

풍천이 도유강을 끌어안았다.

"주군, 돌아가시면 안 됩니다. 보내 드릴 수 없습니다. 염려 마십시오. 무슨 수를 써서라도 해독할 것입니다. 저의 죄는 그 뒤에 물어주십시오."

쾅!

문짝이 떨어져 나갈 만큼의 소리와 함께 녹림왕과 손약란 등이 우르르 방으로 뛰어들어 왔다.

녹림왕이 비통에 젖은 목소리를 발했다.

"주군께선 무사하십니까?"

"그게 무슨 소리냐? 알고 있었다는 뜻이냐!"

풍천이 살기 어린 눈을 빛냈다.

녹림왕이 바로 엎드렸다.

"누군가 우물에 독을 탔습니다."

"우물에?"

"그렇습니다. 제 수하 중 삼십여 명도 독에 당했습니다. 헉! 설마 주군께서도?"

"그렇다. 당장 해독에 능한 명의를 데려오라. 두 시진을 주겠다. 그때까지 명의가 도착하지 않는다면 녹림은 세상에서 사라질 것이다."

"존명!"

녹림왕이 결연히 대답했다.

태어나서 한 번도 내뱉어본 적이 없는 '존명'이었지만 자연스럽게 흘러나왔다.

第二章
명의를 찾아라

전전
중증
마교교주

밤이 깊어갈 즈음, 객잔의 삼층에서 잔잔히 한 음성이 흘러나왔다.
"내가 저녁을 먹은 건지, 그냥 풀을 뜯어 먹은 건지 모르겠군. 먹어도 먹은 것 같지가 않아."
객방 창가에 선 팽안록이 혼잣말처럼 중얼거렸다.
"크큭."
남궁연과 모용운천, 제갈소명이 나직이 웃음을 터뜨렸다.
부근 일대의 숙수란 숙수는 모조리 녹림에 납치된 상태였다. 그 뒤로부터 하루가 지난 지금까지 제대로 된 음식은 구경할 수가 없었다. 주인장이, 점소이가 가까스로 음식을 비슷하게 만들고는 있었지만 도저히 흐뭇하게 먹을 수 있는 수준이 아니었다.

그러나 세 사람은 팽안록의 말이 단순히 음식 불평을 하는 것이 아니라는 것을 알고 있었다.

제갈소명이 팽안록의 숨겨진 질문을 구체적으로 풀어냈다.

"녹림은 무슨 생각인 걸까? 흑룡방은 또 어디로 사라진 것이고……."

녹림이 숙수 납치 사건을 벌인 이후 네 기재는 위험을 무릅쓰고 오태산 중턱까지 조심조심 둘러봤다.

놀랍게도 흑룡방은 단 한 명도 볼 수가 없었다. 거의 오백여 명에 이른 흑룡방이 감쪽같이 사라진 것이다.

혹시 녹림과 흑룡방이 화친을 맺고 조촐한 연회라도 벌이나 싶었지만 그런 기미는 보이지 않았다.

물론 흑룡방이 은밀히 본 방으로 돌아갔을 수도 있지만 단 하루 사이에 그런 급작스러운 결정을 내릴 이유가 흑룡방에겐 없는 것이다.

"내일은 녹림총채로 올라가 보는 게 좋겠어."

남궁연이 말했다. 그는 침상에 걸터앉아 느긋이 두 팔을 뒤로 해 몸을 지탱하고 있었다.

"아무래도 그게 좋겠지."

모두들 고개를 끄덕였다.

녹림왕이 녹림 사상 전례없는 무공의 소유자고, 현 녹림이 녹림 역사에서 최강의 무력 집단으로 명성을 드높지만 모두는 두렵지 않았다.

물론 그들 네 사람은 처음 녹림을 향해 출발할 때만 해도 녹림을 강호에서 지우겠다는 희망찬 꿈에 부풀었다.
 하지만 산 아래에서 지켜본 녹림은 자신들의 힘으로 어찌해 볼 수 있는 그런 산도적과는 차원이 달랐다.
 거대 방파인 흑룡방도 쉽게 공격하지 못하고 기회만 엿보고 있을 정도였으니까. 그리고 결정적으로 흑룡방의 수뇌도 아닌 자들과 싸워 고작 평수를 유지했다는 것도 망상을 깨닫는 데 큰 역할을 했다.
 "하지만 이건 잊지 말아야 해. 결코 싸우러 가는 게 아니라는 것!"
 창문을 등지고 팽안록이 말했다.
 모용운천이 말을 받았다.
 "물론이지. 화기애애한 대화까진 아니더라도 몇 마디 나누고 조금 둘러보면 상황이 어떻게 돌아가고 있는 것인지는 파악할 수 있을 거야."
 남궁연과 제갈소명도 고개를 끄덕였다.
 이곳까지 온 마당이다. 녹림을 무너뜨리는 건 희망 사항에 불과했지만 상황 파악 정도는 해야 세가의 자제들로서 체면이 서는 일이었다.
 물론 녹림이 대화를 거절하고 살인멸구하려 할 가능성도 있었다. 하지만 그 부분은 굳이 서로 입을 맞추지 않아도 어떻게 대처해야 하는지 서로 잘 알고 있었다.
 각 세가에 행적을 남기고 왔다는 말을 꺼내면 제아무리 녹림이 막무가내라 할지라도 무작정 칼부터 휘두르진 않을 것이다.

"기대되는군."

모용운천이 씨익 웃으며 말을 내뱉었을 때다.

밖이 급작스럽게 소란스러워졌다.

"녹림이다! 녹림이를 잡아야 한다!"

고요한 밤공기를 무자비하게 찢어놓는 외침이었다.

기재들은 우르르 창가로 달라붙었다.

도끼와 반월도를 들고 가죽옷을 걸친 자들이 대부분이었다. 그들은 정신없이 신형을 번뜩이며 이리저리 움직이고 있었다.

"녹림이야."

제갈소명이 속삭이듯 말했다.

그들이 머문 객방은 삼층에 있었고, 소리는 위로 퍼지는 성질이 있긴 했지만 그래도 상황이 상황인지라 최대한 목소리를 낮췄다.

녹림도들은 분주히 움직이고 있었다. 아니, 그건 그냥 움직이는 것이 아니라 거의 미친 듯이 날뛰고 있다고 표현해야 옳았다.

시야에 들어오는 자들만 해도 거의 칠십여 명에 이르는 녹림도들이 눈을 허옇게 뒤집은 채 좌충우돌하고 있었다.

"아래를 봐."

팽안록이 손으로 객방 아래쪽을 가리켰다.

모두가 그곳으로 시선을 던졌다.

그곳엔 신장이 장대하고 창살처럼 뻗은 수염을 단 자가 연신 고함을 내지르고 있었다. 그 곁에 한 명의 젊은 여인 서 있었다. 그녀는 입을 열진 않았으나 좌우를 번갈아 빠르게 훑어보는 것이 초조한 기색이 역력했다.

"왜 아직 한 명의 의원도 내 눈 앞에 없는 것이냐! 왜! 왜! 왜~!"

창살수염이 발작하듯 외쳤다.

그 소리가 자극제가 되어 녹림도들은 더욱 미친 듯 신형을 날려댔다.

"누구지?"

남궁연이 물었다.

"글쎄… 녹림 수뇌 중 한 명이겠지."

제갈소명이 대답했다.

"근데 도대체 녹림에 무슨 일이 벌어지고 있는 거야? 숙수는 왜 잡아가고, 이번에는 또 의원이라니."

모용운천이 낮지만 짜증스럽게 의문을 표했다.

그때 팽안록이 '어?' 하는 소리를 냈다.

"왜 그래?"

제갈소명이 물었다.

"저 여자! 그때 그 여자 아니야?"

"어라, 육포녀?"

"맞아. 험한 입으로 막말을 하던 그 여자가 틀림없어."

남궁연이 적극 동의하며 말을 이었다.

"근데 왜 저 여자가 녹림도와 함께 있는 거지? 그때 함께 있던 다른 사람들은 어디 가고?"

그때 아래쪽에서 창살수염이 중얼거리는 소리가 들려왔다. 나름 중얼거린다고 생각했겠지만 워낙 성량이 큰 탓에 네 기재는 똑똑히 그 소리를 들을 수 있었다.

"죽고 말겠어. 모조리 죽을 거야. 딸과 함께 죽고 말 거야. 어떻게 하지? 어떻게 하면 좋을까?"

조바심이 넘쳐 나고 있었다.

네 기재는 서로를 바라보면서 동시에 같은 입 모양을 만들었다.

'죽어?'

흑룡방은 흔적도 없이 사라졌는데 녹림의 수뇌 중 한 명은 죽음을 염려하고 있었다.

또 한편으로는 녹림왕의 신상에 문제가 생긴 것이 아닌가 싶기도 했다. 녹림 수뇌가 명의가 필요하다면 그 이유 말고는 다른 이유가 있을 리 없었다. 창살수염에겐 목숨을 걸린 문제라는 것도 당연히 이해할 수 있는 부분이 되는 것이고.

그때였다.

"아버지, 정신 사나우니까 제발 좀 잠자코 있어!"

여인이 꽥 소리를 질렀다.

창살수염이 바로 응수했다.

"지금 이 상황에서 무슨 수로 느긋할 수 있단 말이냐!"

"다 잘될 거야. 아무 문제 없어. 이미 놈들은 믿고 있다고.

그러니 제발 녹림왕의 체통을 지키란 말이야!"

"흡!"

네 기재는 손바닥을 들어 입을 틀어막았다. 경악성이 터지려는 것을 간신히 억제할 수 있었다.

창살수염이 녹림왕이었다.

거기에 욕쟁이 육포녀는 다름 아닌 녹림왕의 딸이었다.

의문에 의문이 걷잡을 수 없이 솟아났다.

녹림총채의 주인! 역대 녹림총표파자 중 가장 강하다는 녹림왕이 두려워 떨고 있었다. 딸까지 죽고 말 것이라며 안절부절못하고 있다.

"녹림왕은 저렇게 멀쩡한데 그럼 도대체 누가 다친 거지?"

모용운천이 들릴 듯 말 듯 물었다.

아무도 대답을 못했다. 그저 여인의 입에서 튀어나온 '놈들'이라는 정체불명의 존재에 대한 의문만 머릿속을 뱅뱅 돌 뿐이었다.

모용운천도 대답을 기대하고 물은 것이 아니었기에 그저 머리만 복잡해 얼굴을 찡그렸다.

그사이 녹림도들이 녹림왕 주변으로 모여들었다. 날뛰던 인간들이 한꺼번에 모여드니 거의 그 숫자가 이백 명에 육박했다.

그리고 녹림도들에게 잡혀온 행색이 확실히 구별되는 자들이 오십여 명가량이었다. 그들은 겁먹은 얼굴로 몸을 움츠리고 있었는데 거의 태반이 의복도 제대로 갖추지 못한 것이 자다가 끌려온 모습들이었다.
 녹림왕이 밝아진 얼굴로 의원들을 살폈다.
 대부분 연로한 의원들이 몸을 부르르 떨었다. 개중에는 겁에 질려 서 있기도 힘든 모습이었다.
 잠시 후, 의원들을 살피던 녹림왕이 고함을 내질렀다.
 "환자를 데리고 온 놈 누구야!"
 얼굴이 누렇게 뜨고 병색이 완연한 자가 놀란 나머지 풀썩 쓰러졌다.
 "문책은 나중에 하겠다. 아주 죽여 버리겠다."
 녹림왕은 오십여 명에 이르는 의원 중 실력있는 의원들을 추려냈다.
 물론 가려내는 일을 녹림왕이 직접 한 것은 아니었다.
 군자는 군자를 알아본다는 말이 있듯 의원들은 실력있는 의원을 정확히 알고 있었고, 모두의 추천에 의해 다섯 명이 가려졌다.
 다섯 의원은 저주라도 받은 듯 멍해져 버렸다.

*   *   *

 다섯 의원은 스스로의 재주를 비난하며 도유강 앞에 섰다.
 잔뜩 겁에 질린 의원들은 도유강의 얼굴을 확인하고는 누구 할 것 없이 깊은 침음성을 흘렸다.
 표면적으로만 보자면 도유강은 도저히 산 사람이 아니었

다. 풀린 눈동자와 먹물을 바른 듯 검게 변한 얼굴은 당장 유언을 서두르는 것이 낫지 않겠냐고 조언을 해야 할 지경이었다.

그 탓에 어느 누구도 먼저 나서는 자가 없었다.

"뭘 멍청히 보고 있느냐?"

풍천이 호통 쳤다.

녹림왕이 의원 한 명을 떠밀었다.

얼떨결에 두 걸음 앞으로 튕겨 나온 의원이 아랫입술을 깨물고 뒤를 돌아봤다. '대체 어떤 새끼가?' 라는 표정이 떠올랐다.

녹림왕이 '나다' 라는 듯 눈알을 부라렸다.

의원의 얼굴에 한순간 해맑은 미소가 떠올랐다.

"혼을 담아라. 실력을 보여라. 고치지 못하면 살아서 돌아가지 못한다."

풍천이 감정없이 말했다.

의원은 오십대 후반 정도였다. 그는 꿀꺽 마른침을 삼킨 뒤, 침통에서 은침을 꺼냈다.

도유강의 오른손을 살짝 받쳐 들었다. 손도 얼굴만큼이나 검게 변해 있었다.

모두의 시선이 의원의 손길에 닿았다.

이때 도유강도 힘없이 의원의 하는 양을 지켜봤다.

다른 사람이 볼 때 도유강의 상태는 이지를 분별하지 못하는 것으로 보일 만했지만 풍천이 초기에 대응을 빠르게 한 덕분에 사고는 의외로 명확했다.

의원이 오른쪽 새끼손가락 끝 소택혈에 침을 꽂고 끝부분을 툭툭 치더니 이내 침을 뽑았다.

"우선 독이 어떤 종류인지 파악해야 합니다. 독은 수천 가지 종류가 있고, 그 독이 다시 서로 섞이면 수만 가지의 독으로 발전……."

"설명을 들을 시간이 없다."

풍천이 말을 잘랐다.

"네, 그, 그렇지요. 그러니까 드리려던 말씀은 독의 향과 맛을 통해 그 독을 분간할 수 있다는 것입니다."

의원이 은침을 살짝 혀로 핥았다. 누가 말리고 자시고 할 새가 없었다.

"캐액!"

괴상한 비명과 함께 의원이 목을 부여잡고 자빠졌다.

눈이 까뒤집혀 흰자위만 드러났고, 입에서 거품이 부글거렸다. 온몸은 미친개가 물어뜯는 것을 벗어나려는 것처럼 정신없이 떨어댔다.

도유강은 힘없이 그 광경을 지켜봤다. 병신도 이런 병신이 없었다. 녹림에 끌려왔다면 강호인들의 관점에서 독을 바라보아야지, 일반인들의 중독처럼 여겼다는 것 자체가 어이없는 일이었다.

풍천도 일순 멍해져 버렸고, 다른 네 의원도 이 어처구니없는 작태에 입을 쩍 벌렸다.

그러나 무리 중 가장 놀란 건 녹림왕이었다.

그는 하얗게 질린 얼굴로 의원을 향해 일장을 내려치려 했다. 지켜보는 것이 더 잔인한 일이었다. 또한 책임을 덜기 위해서라도 의원의 목숨을 빨리 끊어버리는 것이 나았다.

하지만 그러기도 전에 의원은 축 처져 숨이 끊어지고 말았다. 그에겐 도유강이 기본적으로 내재하고 있는 내력도, 마교의 혼원단심환도 없었다.

녹림왕이 신속히 의원을 밖으로 끌어냈다.

그사이 새로운 의원이 나섰다.

그는 진맥을 하고, 차분히 침을 서너 군데 꽂고, 이어 헝겊조각을 입에 물린 후 그 색상 변화를 살폈다.

의원의 안색이 급격히 어두워졌다.

"뭐냐?"

풍천이 물었다.

의원이 땅이 꺼져라 한숨을 내쉬었다.

"소인의 견해론 당장 위급한 상황은 모면하신 듯하나 앞으로가 문제입니다."

"앞으로라니?"

의원을 밖에 내동댕이치고 어느새 돌아온 녹림왕도 귀를 쫑긋 세웠다.

의원이 말했다.

"사흘 정도입니다. 그 안에 해독약을 구하지 못한다면 그때는……."

의원이 뒷말을 흐렸지만 그 뜻이 무엇인지 모르는 사람은 아무도 없었고, 또 듣고 싶은 사람도 없었다.

"어떤 독이냐?"

풍천의 음성은 여전히 감정이 실려 있지 않았다.

그것이 모든 의원과 녹림왕을 더욱 두려움으로 몰아갔다.

"동물과 식물에서 추출한 순수 독이 아닙니다. 여러 종류의 독을 혼합한 것으로 보입니다. 제 공부가 미천하여 뭐라 드릴 말씀이 없습니다."

"흐음."

무심함을 유지하던 풍천이 낮게 신음성을 흘렸다. 낯빛도 당장 어두워졌다. 두 눈에도 언뜻 물기가 어렸다.

녹림왕은 비록 자신이 일을 저질렀지만 풍천에게 묘한 동정심이 이는 것을 느꼈다. 이놈도 결국은 인간이었구나 싶고, 또 그런 충성을 받는 어린놈이 부럽기도 했다.

풍천은 남은 세 명의 의원도 살피게 했다.

혹시나 했지만 돌아온 대답은 거의 차이가 없었다. 버티고 버틴다고 해도 나흘 정도라는 말이 흘러나왔다.

"사흘이라고 생각하는 편이 낫겠군."

풍천이 나직이 중얼거렸다. 목소리에 비장한 각오가 맺혀 있었다. 방금 전까지 보이던 감정 선은 이미 깨끗이 지워져 있었다.

한편 도유강은 내심 기대하고 있다가 사흘이라는 말에 절망의 나락으로 떨어졌다.

이제 앞으로 이 세상에서 세 번의 해가 뜨고 지는 것을 볼 수 있을 뿐이다.

가혹했다.

아직 젊은 나이다. 하고 싶은 일도 많고, 사랑하는 여인과 함께 달빛이 부서지는 거리를 거닐고 싶었다. 거창한 소원 따윈 없었다. 명예도 권력도, 가공할 힘도 원치 않았다. 그저 사랑하는 사람과 아들딸 낳아 손에 손잡고 작은 행복을 만들어가고 싶었다.

그러나 이제 인생이 허망하게 부서지고 있었다.

사흘이 지나면 모든 것이 사라지고 말 것이리라.

그때였다.

"의원들을 모두 죽여라."

풍천이 녹림왕에게 명했다.

"존명!"

녹림왕이 새로 익힌 단어를 크게 외쳤다.

의원들이 몸을 덜덜 떨었다.

벌써 백발이 성성한 의원과 머리가 벗겨진 노의원은 바짓가랑이를 축축이 적시고 있었다.

풀썩!

다섯 의원 중 하나가 풍천 앞에 무릎을 꿇었다.

"목숨만 살려주십시오."

쥐수염을 단 육십대 초반의 의원이었다.

풍천이 고개를 갸웃했다.

"내가 왜 그래야 하지?"

풍천이 그렇게 어려운 요구를 하는 건 실례가 아니냐는 투로 되물었다.

물론 의원들에게 이유를 대라면 한둘이 아니었다. 납치되어 온 것뿐이고, 의원들은 그들이 할 수 있는 최선도 다했던 것이다. 또한 각자에겐 초조히 기다리고 있을 가족들과 돌봐야 할 환자들도 있었다.

하지만 의원들 누구라도 그런 말이 이곳에선 아무 소용이 없다는 것쯤은 잘 알고 있었다.

쥐수염의원이 입을 열었다.

"신의를 알고 있습니다."

"신의?"

풍천이 반응을 보이자, 쥐수염이 구원의 밧줄을 꽉 움켜잡았다.

"그렇습니다. 천하에 어떤 병이라도 그분의 손길이 닿는다면 언제 아팠냐는 듯 깨끗이 낫고 말지요. 그분이 고치지 못하는 병은 없습니다."

"누구냐?"

"와선신의입니다."

"와선?"

놀란 목소리로 외친 건 풍천이 아니었다.

녹림왕이 말도 안 된다는듯 한 걸음 나섰다. 분노가 얼굴에 가득했다.

"헛소리! 와선은 이미 이 세상 사람이 아니다!"

쥐수염이 어깨를 움츠렸다. 하지만 그는 자신의 목숨이 이 대답에 걸려 있다는 것도 잊지 않고 있었다.

"와선께서 운명을 달리하신 것을 보셨는지요?"

쥐수염이 생명의 밧줄을 꽉 붙잡듯 두 눈 가득 힘을 주고 말했다.

"그건… 아니지만… 와선신의는 이십 년 전부터 소식이 없었거늘……."

녹림왕은 자신없이 말꼬리를 흐렸다.

효과가 있었다. 쥐수염은 몰아붙일 기회를 놓치지 않았다.

"제가 직접 그분을 뵈었습니다."

"사실이냐?"

풍천이 녹림왕을 뒤로 밀치고 물었다.

"소인이 어느 안전이라고 거짓을 고하겠습니까? 제 가족의 목숨을 걸 수도 있습니다."

풍천은 고개를 끄덕였다.

쥐수염의 말이 맞았다. 쥐수염은 거짓을 고할 이유가 없었다. 거짓으로 생명을 보전한다는 것도 단지 기간 연장뿐, 가족을 걸었다는 것은 지금 이 자리를 벗어난다고 해도 자신과 가족이 언제라도 죽을 수 있다는 것 정도는 알고 있다는 뜻이었다.

"와선이라…… 대단한 자인가 보군."

풍천이 턱을 매만졌다.

녹림왕의 눈에 순간 경멸의 빛이 떠올랐다. 와선의 이름도 들어본 적이 없다니 한심하구나, 하는 눈빛이었다. 그러나 그건 찰나에 불과해서 눈을 한번 깜박이고 난 뒤엔 어느새 공경의 빛으로 돌아와 있었다.

 녹림왕이 말했다.

 "와선은 황궁 어의를 우습게 여길 정도로 고절한 의술을 지니고 있는 자입니다. 화타와 편작에 비교하는 것조차 무례라고 여기는 이들이 태반일 정도입니다."

 풍천이 만족스럽게 고개를 끄덕였다.

 "좋다, 와선을 만나도록 하지."

 이어 쥐수염을 향해 물었다.

 "그는 어디에 있느냐?"

 쥐수염이 부르르 몸을 떨었다.

 "부탁드릴 것이 있습니다. 부디 와선을 뵙더라도 소인이 고했다는 건 비밀로 해주십시오."

 "난 네가 누구인지조차 모른다."

 "감사합니다. 항산입니다."

 "멀지 않아 다행이로군. 더 자세히!"

 "항산의 용추봉 아래에 자리한 수렴곡입니다."

 "흠, 수렴곡이라······."

 가만히 중얼거린 풍천이 녹림왕 쪽을 바라봤다.

 "너는 지금 당장 포대를 가져와라."

 그 말에 의원들이 자지러지며 비명을 질러댔다. 포대에 온

몸이 토막난 채로 담겨서 야산에 버려질 것을 생각하니 미쳐 버릴 것만 같았다.
 "으아아악!"
 "제발 살려주십시오. 흑흑흑……!"
 "진짭니다. 진짭니다. 와선신의는 진짜입니다."
 풍천이 짧게 일갈했다.
 "닥쳐라!"
 녹림왕이 얼떨떨하게 물었다.
 "포, 포대는 왜 그러시는지……."
 "주군을 업고 가야 하지 않느냐! 아기를 업을 때 사용하는 그런 포대를 준비하라."
 "네, 바로 준비하겠습니다."
 녹림왕이 튀어나갔다.
 의원들은 그제야 눈물을 훔쳐 냈다. 그래도 방금까지의 공포 탓에 닦아내고 또 닦아내도 끊임없이 눈물이 흘러나왔다.
 그때 도유강이 힘없이 손을 들어 풍천의 소맷자락을 잡으려고 했다.
 풍천이 알아보고 바로 머리를 숙였다.
 "주군, 하명하실 일이라도 있으신지요?"
 도유강은 입술을 열려고 노력했다. 하지만 윗입술과 아랫입술이 각기 천근만근인 듯 무거워 쉽게 움직일 수가 없었다. 연이은 시도 끝에 도유강이 겨우 목소리를 냈다.

"빨리… 헉… 허……."

간신히 한마디를 내뱉었을 뿐인데도 하루 종일 중노동을 한 듯 더 이상 말을 이을 수가 없었다.

도유강이 하고 싶은 말은 '빨리 갈 필요는 없다'였다. 항산이라면 멀다고 할 수 없으니 잠시 동안은 편히 쉬고 싶었다. 몸이 물먹은 솜처럼 무겁고, 슬쩍 피부를 스치기만 해도 칼날에 베인 듯한 느낌이었기 때문이다.

그러나 그 이상 입술을 들어 올리는 것은 불가항력이었다.

풍천이 밖을 향해 고함을 내질렀다.

"주군께서 말씀하셨다! 도대체 뭘 꾸물거리는 것이냐! 서둘러라!"

도유강은 미쳐 버릴 것 같았다. 그 말이 아니라고, 차라리 진기도인이라도 한 번 더 하라고 말하고 싶었다. 입을 여는 것이 버거워 도유강은 간절한 눈빛으로 풍천을 바라봤다.

풍천이 그 눈빛을 받고 더 크게 소리쳤다.

"이 새끼야! 서두르지 못해!"

녹림왕이 날듯이 달려와 공손히 포대를 내밀었다.

풍천이 즉시 도유강을 등에 업었다.

"주군, 당장 출발하겠습니다. 아무 염려치 마시고 쉬고 계십시오. 적당한 속도로 달리도록 하겠습니다. 최고 속도로 경공을 펼친다면 진동으로 인해 필시 주군의 몸에 무리가 갈 것입니다. 흔들림이 없을 정도로만 경공을 펼치겠습니다."

"흐음……."

도유강은 그저 옅은 신음 소리만 냈다. 달리 할 수 있는 것은 아무것도 없었다.

풍천이 포대를 두르고, 끈을 휘감았다.

첫 번째 끈으로 허리를 조였다.

촤악!

"윽!"

도유강이 반사적으로 신음성을 토했다.

두 번째 긴 끈은 양 어깨 선을 교차해 일거에 잡아당겼다.

촤악, 촤악!

"억!"

이제 도유강은 풍천의 등에 완전히 밀착된 상태가 되었다.

그때 녹림의 수뇌들이 조심스럽게 들어왔다.

은염교, 공추상, 손약란의 순서였다.

손약란이 나무에 매달린 매미처럼 된 도유강을 슬쩍 쳐다보더니 말했다.

"저기 풍천님, 주군의 상세는 어떠신지요?"

그녀답지 않게 조심스러운 목소리였다.

풍천은 듣지 못했다는 듯 시선도 돌리지 않고 나직이 중얼거렸다.

"주군, 출발하겠습니다."

풍천의 신형이 흐릿해지는가 싶더니 일순간 장내에서 사라져 버렸다.

녹림왕이 눈을 부릅떴다.

"저, 저 새끼… 천천히 간다더니만……."
손약란이 다가와 상황을 물었다.
"아버지, 풍천은 어디로 가는 거야? 지금 일이 어떻게 되어가고 있어?"
녹림왕이 간략히 사정을 설명했다.
이야기가 끝나기가 무섭게 손약란이 펄쩍 뛰었다.
"아버지!"
"소리는 왜 질러!"
"이럴 때가 아니잖아."
"뭐가?"
"우리도 거들어야지. 만약 유강이 도중에 죽기라도 한다면 난리가 난다고. 우린 최선을 다해서 충성스러운 모습을 보여야 한단 말이야."
녹림왕이 입을 쩍 벌렸다. 잊고 있었던 중요한 사실을 깨달은 사람의 모습이었다.
"네 말이 맞다. 젠장할!"
녹림왕이 이어 공추상을 향해 고함을 내질렀다.
"십령주와 대주들을 불러라! 서둘러!"

*   *   *

오태산의 밤을 뚫고 네 사람이 천천히 산을 올랐다.
남궁연, 팽안록, 제갈소명, 모용운천이었다.

쇠뿔도 단김에 빼라고 했던가.

녹림에서 일어나고 있는 괴이하고 의문투성이인 상황을 파악하려면 정리가 끝난 다음이 아닌 혼란 중일 때가 낫다는 결론을 내린 네 사람이었다.

경공을 발휘하진 않았다. 그저 묵묵히 한걸음 한걸음 떼며 걸음을 옮겼다. 괜히 녹림을 자극할 필요가 없다는 모용운천의 의견을 따랐다.

쐐애애앵~

한줄기 바람이 휘몰아쳤다.

그냥 바람이 아니라 돌풍이었다. 네 기재의 머리결과 옷자락이 휘날렸다가 가라앉았다.

"방금 뭐였지?"

남궁연이 물었다. 얼굴엔 얼떨떨함이 가득했다. 산길에서 돌풍이라니 말도 안 되는 일이었다. 그보다 뭔가가 분명히 스치고 지나갔다.

"사, 사람이었던 것 같은데……."

제갈소명이 눈을 깜박이며 말했다.

팽안록이 뒤를 이었다.

"사람이라기엔 너무 빠르지 않아?"

"난 사람인 것 같아. 그게 아니면 귀신밖에 없어. 등에 뭔가를 지고 있는 귀신."

모용운천의 말에 나머지 세 사람이 목을 움츠렸다.

네 사람은 그대로 굳어진 발을 떼지 못하고 한동안 서 있었다. 사흘 사이에 뭔가 세상이 요상하게 돌아가고 있었다. 그 의문을 해소해 보려고 녹림총채를 향해 산을 오르던 중인데, 또 새로운 의문이 등장하고 말았다.

"어떻게 하지?"

모용운천이 물었다.

아무도 대답한 사람이 없었다.

잠시 동안 네 사람은 침묵을 지켰다.

시간이 멈춘 듯한 정적 속에서 새로운 기척이 들려왔다.

소리는 점점 커져 가까이 다가오고 있었다.

네 사람이 몸을 회피할 새도 없이 일단의 무리가 광풍처럼 내달리며 그들을 본체만체하며 지나쳤다.

쒸이이잉~

다시금 네 사람의 머리결과 옷자락이 바람에 휘날렸다가 가라앉았다.

"뭐, 뭐지? 내가 잘못 본 건가?"

남궁연이 멍청히 중얼거렸다.

"녹림왕이야."

"그리고 그의 딸 육포녀도 있었어."

제갈소명과 팽안록이 차례로 말했다.

두 사람만이 아니었다. 녹림의 고수들이 광풍처럼 달리는 두 사람 뒤로 또 다른 광풍이 되어 달려갔다.

숙수, 의원에 이어 녹림은 이번엔 광풍이 되었다.

분명히 무슨 일이 벌어지고 있었다. 방향으로나 기세로 보거나 첫 번째 광풍을 일으킨 자의 뒤를 쫓고 있는 것이 틀림없었다. 녹림이 앞뒤 안 가리고 신형을 날리는 것만 봐도 앞서 달려간 자를 당장 쳐 죽일 기세였다.

네 기재는 고민에 빠졌다.

이대로 산을 오를 것인지, 아니면 녹림왕의 뒤를 쫓아야 할 것인지 당장 판단이 서질 않았다.

그들이 망설이며 어떤 결정을 내리기도 전!

또 다른 광풍이 일었다.

쉬잉~

파라라락~

기재들의 옷자락이 마구 펄럭였다.

숫자는 일곱이었다. 누구인지는 알아볼 수도 없었다. 모두 흑의를 걸치고 있다는 것을 확인한 것이 전부였다.

"뭐야? 뭔데 자꾸 휙휙 지나가!"

팽안록이 짜증스럽게 말했다.

"내 말이!"

모용운천이 동의를 표했다.

이것으로 광풍은 세 번째였다. 광풍의 강도와 숫자가 다를 뿐 하나같이 공통점이라면 네 사람을 철저히 무시하고 지나갔다는 점이다.

"우리 안 보이는 거 아냐?"

제갈소명이 말 같지도 않은 소리를 했다. 그러나 타박하는 사람은 아무도 없었다. 그들은 마치 자신들이 산에 심어진 한 그루의 나무나 풀이 된 기분이었다.
　남궁연이 말했다.
　"방금 전 인물들은 흑룡방이 아니었을까?"
　흑의를 걸친 걸로 봐서는 흑룡방이 가장 유력했다.
　"녹림의 뒤를 쫓는 걸 봐서는 흑룡방일지도……."
　귀신인가 뭔가를 녹림이 쳐 죽일 듯 쫓고, 이젠 일곱 개의 바람이 다시 녹림을 쫓고 있었다.
　그렇게 팽안록이 뒷말을 흐릴 때였다.
　휘리릭!
　옷자락이 나부끼는 소리가 나며 한 사람이 눈앞에 나타났다. 보이긴 보이는 모양이었다. 이번엔 스쳐 지나가지 않고 비로소 모습을 드러낸 것이다.
　그러나 네 기재의 눈엔 의혹이 짙게 떠올랐다. 홀연히 등장한 것까진 이해하겠는데 뜻밖에도 상대는 '어린아이'였다.
　이곳은 녹림총채가 있는 오태산이었다.
　게다가 밤이 깊은 시각!
　어린아이가 마음대로 거닐고 다닐 그런 곳이 아닌 것이다.
　눈앞을 획획 지나가는 인물들보다 더한 놀라움을 안겨주는 출현이었다.
　'어린아이'는 고작 열한두 살 정도로 보였고, 얼굴에 치기 어린 표정이 가득했다. 볼살도 살짝 부풀어 있어서 손으로 꼭 집어 꼬집어보고 싶을 정도였다.
　녹림을 두고 뭔가 기괴한 일이 일어나고 있는 상황이다.

명문세가의 자제들로 그들은 '어린아이'를 지켜줘야 할 사명을 느꼈다.
남궁연이 입을 열었다.
"밤도 깊고 험한 산중에……."
하지만 남궁연은 말을 끝맺지 못했다.
어린아이가 불쑥 끼어들었다.
"닥쳐라!"
네 기재가 입을 바보처럼 '헤에' 하고 벌렸다.
어린아이가 말을 이었다.
"묻는 말에 똑바로 대답해야 할 것이다. 방금 지나간 일곱 놈을 아느냐?"
이제 네 기재의 두 눈도 입처럼 커졌다.
'뭐지? 도대체 이 밤은…….'
'꿈인가?'
'이상해. 이상해…….'
'내가 알던 강호가 아니야.'
어린아이가 앳된 목소리로 반말을 지껄이는 것이야 애교로 봐줄 수 있었다. 하지만 문제는 아이의 몸에서 뿜어져 나오는 살벌한 기운이었다. 초절정의 고수들만이 가능한, 기세만으로 상대를 제압하는 그런 바늘 같은 기운이 몸을 찔러왔다.
이 조그마한 어린아이가 말이다!
네 사람이 멍한 눈으로 바라보기만 하자, 어린아이는 인상을 찡그리며 땅에 침을 퉤하고 뱉었다.

"하여튼 요즘 어린것들은 제대로 쓸 만한 놈들이 없군. 거치적거리기나 하고."

네 사람의 입이 더욱 크게 벌어졌다. 눈은 말할 것도 없었다. 흰자위가 있는 대로 드러났다.

어린아이가 인상을 찡그리더니 슬쩍 무릎을 튕겼다.

그 순간 어린아이의 모습이 눈앞에서 감쪽같이 사라졌다. 바람조차 일지 않고 그냥 꺼져 버린 것이다. 마치 꿈인 것처럼!

"누, 누구야, 저 꼬마는? 대체 뭐가 어떻게 돌아가는 거냐고!"

모용운천이 반은 더듬거리고 반은 화를 내며 말했다.

꼬마지만 절대로 꼬마가 아니라는 것을 깨달았기에 한기가 스멀거리며 피어나 애써 떨쳐 내려는 모용운천 나름의 노력이었다.

"모르지."

세 사람이 약속이라도 한 듯 대답했다.

그렇게 잠시 네 기재는 침묵에 빠졌다.

"우리도 가야겠지?"

불쑥 남궁연이 말했다.

"가야지."

팽안록이 대답했다.

이대로 멍청히 언제까지 서 있을 수는 없었다. 강호의 괴이함이 피부 속까지 파고들고 있지만 뒤쫓지 않고 이 길을 회피

한다면 영원히 바보 얼간이로 살게 되고 마는 것이다.
 네 기재는 신형을 날렸다.
 세 개의 광풍!
 그리고 그 뒤를 따르는 또 하나의 소리없는 움직임을 향해!

第三章
와선신의를 찾아

전전
긍긍
마교교주

쐐애애앵~

주변의 모든 것이 휙휙 정신없이 뒤로 물러났다.

또다시 풍천에게 매달려 끌려가고 있다.

이것으로 세 번째!

마교에서 반란 세력의 손길에서 탈출했을 때가 첫 번째였고, 두 번째는 마교 척살조의 기습이 있을 때였다. 두 번 모두 곤혹스러움을 금치 못할 상황이었으나 지금 이 세 번째와 비교하자면 그땐 참으로 안락했다는 생각이 들었다.

특히 그전과 다른 점은 도유강은 매미 상태가 되었고, 그 매미는 극독에 중독되어 있었다. 거기에 더해 불쌍한 매미는 숨을 제대로 쉴 수가 없는 지경이었다.

풍천이 고요히 흐르는 밤공기를 깨부수며 달리는 탓에 거센 찬바람이 안면을 끊임없이 강타했다.

매미가 할 수 있는 것은 오직 한 가지밖에 없었다.

"헤억… 흐읍… 허어업……."

안면 근육이 바람에 밀려 쓸려 올라갈 정도였다. 바람이 그처럼 거세다 보니 숨을 들이켜는 것은 마주 불어오는 바람 탓에 저절로 된다고 해도, 숨을 토해내는 것은 난이도가 최상급이었다.

후, 하고 입으로 내뱉든 코로 숨을 내쉬려 하든 간에 거칠게 몰아치는 바람 때문에 독으로 죽기 전에 질식사로 숨이 끊어질 것 같았다.

"헤엑… 허업… 헙……."

숨 쉬는 것도 기적적으로 수행하는 이때, 도유강이 풍천을 향해 간단한 한마디를 건네는 것은 거의 불가능에 가까웠다.

이 정도로 숨 쉬는 소리가 이상해지면 한 번쯤 멈춰 서서 물어보거나, 최소한 속도를 줄일 만하건만 풍천은 걸음을 늦추지 않았다.

도유강은 풍천을 원망하는 한편, 이 원망이 한낱 부질없다는 것도 잘 알고 있었다. 풍천의 정신세계를 감안할 때, 분명이 신음 소리를 바람에 의한 질식이 아닌, 중독의 고통으로 인식하고 있을 것이 뻔했기 때문이다.

그래도 한없이 이해만 하고 있을 순 없었다.

'이대로 계속 가다간 죽고 만다.'

절체절명의 위기 경보가 머릿속을 울려댔다.

도유강은 죽을힘을 다해 입을 열었다.

"후읍… 하아압… 죽, 죽어버리겠……."

성공이었다! 도유강은 가히 초인적인 힘이었노라 스스로를 칭찬해 주고 싶은 심정이었다.

풍천이 속도를 늦췄다.

바로 충직한 음성이 흘러나왔다.

"주군, 죽어버리다뇨? 왜 그리 무책임한 말씀을 하시는 것입니까?"

도유강은 동공이 풀린 채로, 매미가 된 채로 풍천의 뒷덜미를 바라봤다.

힘이 없다는 것이 이렇게 서럽고 한스러운 것인가! 도유강은 콱 풍천을 죽여 버리고 싶었다. 생에 처음으로 어느 누군가를 진심으로 죽여 버리고 싶다는 살의가 치솟았다.

허파에 바람이 가득 차 결국 숨이 막혀 질식사해도 풍천은 그 모든 책임을 마교나 녹림, 또 눈에 걸리는 어떤 누군가를 향해 떠넘기고는 '네놈들이 나의 주군을 해치다니, 너희 모두 죽음으로 핏값을 치르라!' 따위의 말과 함께 도륙해 버릴 놈이었다.

"주군, 대답해 주십시오. 다시는 그런 연약한 말씀을 하시지 않겠다고 말입니다."

풍천이 질책을 섞어 말했다.

다시 속도가 빨라졌다.

와선신의를 찾아

도유강은 성심성의껏 대답했다.
"후움… 헥… 헥……."
"주군, 몸이 약해지셨기에 마음도 따라 약해지신 겁니다. 하지만 염려 마십시오. 오늘 일은 천하를 제패하는 그날 뒤돌아보면 그저 미소를 띠며 추억할 만한 장면에 불과하게 될 것입니다."
"하압… 헙… 헤에……."
도유강이 또 대답했다. 다 죽어가는 소리가 저절로 흘러나왔다.
풍천이 다급히 말했다.
"주군, 힘드신지요? 더 빨리 달려야 할까 봅니다."
"……!!"
도유강이 눈을 동그랗게 뜨고 이를 악물었다. 지금도 버티기 어렵다. 여기에서 풍천이 전속력으로 달리기라도 한다면 그땐 정말 돌이킬 수 없는 길을 가고 만다.
도유강은 불굴의 의지로 신음 소리를 억눌렀다.
풍천이 안도의 한숨을 내쉬었다.
"바로 괜찮아지셨군요. 그럼 이 속도를 유지하겠습니다."
도유강은 부서져라 이를 악물었지만 서러움이 복받쳐 한순간 왈칵 눈물이 쏟아지는 것을 막지 못했다. 이제 마음대로 신음 소리조차 낼 수 없었다. 숨이 막혀 격하게 숨을 토해내야만 하는데 그것조차 끝이었다. 바람이 불어 닥쳐 흐르는 눈물을 쓸고 지나갔다.

아픈데…….
정말 많이 아픈데…….
소리라도 내고 싶은데…….
그래도 참아야 한다.
그것만이 생명을 보존하는 유일한 길이었다.

*   *   *

 녹림왕과 녹림의 수뇌부는 참으로 오랜만에 전력질주를 경험하고 있었다.
 그럼에도 게거품을 물거나 코를 씩씩거리는 이는 아무도 없었다. 원래라면 풍천의 뒤를 따르는 길은 고행길이 되어야 마땅했지만 그들은 항산이라는 목적지를 알고 있었고, 이 부근의 지름길도 꿰뚫고 있었기에 그럭저럭 뒤를 따를 수 있게 된 것이다.
 "아버지, 아까는 어딜 갔다 온 거예요?"
 손약란이 물었다. 그녀의 음성은 전혀 지친 기색이 없었다. 처음에는 어깨를 나란히 하고 달렸던 그녀이지만 지금은 녹림왕의 어깨 위에 걸터앉아 안락함을 누리고 있었기 때문이다.
 "어? 어… 그냥……."
 녹림왕이 더듬거렸다.
 "뭐야? 이거 수상한데?"
 손약란이 입술을 작게 오물거리며 말했다. 십령주와 대주들에게 서두르라고 소리쳤던 아버지가 모두 모인 뒤에는 정작 어디론가 갔다가 돌아왔기 때문이다.

"아버지, 말해봐. 시간을 굳이 지체하면서까지 뭘 하고 있었던 거야? 혹시 그 판국에 왕젖 만나고 온 거야?"

"어허, 무례한 녀석 같으니!"

녹림왕이 짐짓 꾸짖었지만 진심은 담겨 있지 않았다. 그러면서 녹림왕은 슬쩍 자신의 가슴 어림을 매만졌다.

하지만 손약란은 앞을 바라보고 있었기 때문에 그 모습을 미처 보지 못하고 그저 실실거리며 웃었다. 그녀는 웃음 끝에 들릴 듯 말 듯 '왕가슴이 그렇게 좋나?'라고 중얼거렸다.

왕가슴이란 말은 유강이 왕유옥을 보고 처음 떠들었던 말이다. 생각이 거기에 미치자 손약란이 입을 열었다.

"아, 그런데 말이야, 유강이 살 수 있을까?"

"살아야지. 무슨 일이 있어도."

"나도 어떤 놈인가로부터 와선신의에 대해 이야기하는 걸 들어봤어. 그 영감, 아주 고집불통이라면서?"

"그 어떤 놈인가가 이 아비다, 이 녀석아!"

"흐흐, 그랬었나."

"와선신의 그 늙은이 성질이야 원래 유명했지. 죽으면 죽었지 쉽게 뜻을 굴복하는 사람이 아니다."

"굴복을 안 하는 것으로 따지면 풍천도 둘째가라면 서럽지."

"그야 그렇지."

"아마 와선신의가 버티면 풍천은 신의를 갈가리 찢어버릴 거야. 장담해."

"와선신의는 안 죽는다. 내가 막을 테니까. 신의는 결코 죽어선 안 돼!"

"엥, 그게 무슨 소리야?"

"네겐 나중에 알려주마. 지금은 나 혼자만 알고 있는 것이 낫다."

"좋아, 아버지만 믿을게."

녹림왕은 다시금 슬며시 가슴을 매만지고는 속도를 올렸다.

"좀 더 빠르게!"

쉬우웅!

녹림왕과 녹림의 고수들이 밤을 가로질렀다.

* * *

사사사삭.

낙엽이 작게 쓸리는 소리와 함께 일곱 개의 검은 그림자가 녹림의 뒤를 쫓았다.

그들 중 하나가 언짢은 목소리를 냈다.

"대형, 계속 뒤따르기만 하실 겁니까?"

"물론이지."

그림자의 중앙에서 달리던 노중년의 사내가 말을 받았다.

선비를 연상케 하는 용모에 특이한 점이라면 미간 사이에 사마귀가 자리 잡고 있었다.

처음 목소리가 다시 툴툴거렸다.

"흑룡방주를 도우러 왔더니 흑룡방주는 코빼기도 보이지 않습니다. 여태껏 우리 무산칠귀가 이런 대접을 받은 적이 있습니까?"

"셋째, 너는 그만 닥쳐 주면 좋겠구나."

노중년의 오른편에 선 중년인이 싸늘히 말했다.

그러자 처음 목소리가 사라졌다.

쳇, 훙 따위의 말조차 꺼내지 못했다.

오른편 중년인이 말을 이었다.

"대형, 짐작하시는 바라도 있으신지요?"

거세게 밀어닥치는 바람결에 그의 목소리의 태반이 뒤로 흘러갔다.

"글쎄다……."

노중년인이 중얼거리더니 말을 이었다.

"모든 것엔 다 이유가 있겠지. 흑룡방주가 아무 말도 없이 떠난 것이며, 녹림왕이 미친바람이 된 것도. 거기에서 한 가지 반드시 짚고 넘어가야 할 일이 있지. 흑룡방과 녹림 사이에 어떤 일이 벌어졌는가 하는 거다. 불화가 깊어졌는지 원만히 해결되었는지 알아낸 뒤 손을 써도 늦진 않지. 내 생각엔 후자 쪽이 아닐까 싶다. 서로 간에 격전이 벌어졌다면 오태산 양쪽에 시체가 널려 있어야 하니까."

"그렇군요."

"지금 당장에는 녹림을 앞지르기도 어렵지만 그렇게 할 수 있다고 해도 저 정신없는 꼬락서니를 봐서는 대화를 나눌 수 있는 상태는 아닐 것이다."

"만약 흑룡방이 전멸했다는 가정은 어떤지요?"

오른편 중년인의 목소리에 조심스러움이 묻어났다.

"하하하!"

노중년인이 웃음을 터뜨렸다.

유쾌한 웃음이 바람결에 실려 뒤로 떠나갔다.

"흑룡방주는 내 오랜 친구다. 그를 잘 알고 있지. 차라리 목이 달아날지언정 결코 적과 맞섬에 있어 등을 보이는 친구가 아니다. 공포에 질리거나 두려움에 찬 모습을 본 적이 없다. 그만큼 스스로의 무공에 대한 자부심도 대단하지. 녹림왕의 무공도 고강하다고 하나 흑룡방주와 겨루었다면 양패구상을 당했을 터이고, 지금처럼 광풍이 되어 달리는 것도 불가능했겠지."

"소제가 어리석었습니다."

"하지만 말이다……."

노중년, 무산칠귀의 대형인 무상귀가 뒷말을 흐렸다.

여태까지와는 다른 스산함이 흐려진 음성에 실려 나왔다.

사사사사삭.

무산칠귀 일곱의 발에 밟힌 풀잎이 이지러지며 옅게 스치는 소리가 났다.

무상귀가 말을 이었다.

"…흑룡방주가 죽었다면… 그땐 녹림왕도 대가를 치러야겠지. 무산칠귀는 친구를 결코 버려두지 않으니까."

사사사사삭.

    *   *   *

"하하하."

옅은 웃음소리가 앞쪽에서 바람을 타고 들려왔다.

어린아이, 아니, 전광동자는 여유있게 뒤를 밟으며 그 웃음소리를 들었다.

그 뒤 얼마 지나지 않아 바람이 다음 목소리를 싣고 왔다.

"무산칠귀는 친구를……."

그 뒤의 소리는 흩어져 버려 알아들을 수 없었다.

전광동자가 인상을 찡그렸다.

'무산칠귀라고? 저 새끼들은 왜 또 소교주 뒤를 쫓는 거지?'

머리가 지끈거렸다.

도대체 뭔 놈들이 이렇게 왕창 꼬여 달라붙는지 이해할 수가 없었다. 고민거리라면 소교주와 풍천만으로도 넘쳐 날 지경이었다.

녹림에서 느닷없이 의원을 찾아 날뛰었고, 풍천은 소교주를 업고 미친 듯이 달려가고 있었다.

소교주가 위급한 것인가?

왜 느닷없이?

생각하기 싫지만 만약 소교주의 몸에 이상이 생긴 것이라면 이건 곧 마교의 대재앙이었다. 풍천은 복수를 한답시고 마교를 향해 검을 들 것이고, 그다음은 상상조차 할 수 없었다.

마교에서도 관망하는 판국이다!

그런데 도대체 어떤 미친놈이 암수를 쓴 것이란 말인가!

전광동자는 한백산 계곡에서 소교주를 죽일 기회가 있었지만 손을 쓰지 않았다. 지금 그 보람이 사라져 가려 하고 있었다. 마음 같아서야 무산칠귀와 녹림을 앞질러 소교주의 상태를 확인하고 싶은 마음이 굴뚝같았지만 풍천이라는 인간과 맞닥뜨리는 것은 사양이었다.

전광동자는 뭉게뭉게 피어오르는 의문과 불안 속에서 무산칠귀의 뒤를 조용히 따랐다.

* * *

풍천의 뒤로 녹림이, 녹림을 무산칠귀가, 그 무산칠귀를 전광동자가 따르는 가운데, 제일 마지막 줄에서 가장 정신 사납게 달리고 있는 것은 다름 아닌 세가의 기재들이었다.

"젠장! 언제까지 달리는 거냐고!"

모용운천이 소리를 내질렀다.

이러다 말겠지 했는데 어느샌가 동이 터오고 있었다.

이미 모두들 사람 모습이 아니었다. 그들은 앞선 이들보다 경공이 처지는데다 가끔 방향까지 잃고 헤맨 탓에 입에선 거품이 일고 몰골은 명문세가의 기재라고는 볼 수 없을 정도로 망가져 있었다.

"우리 이대로… 계속 가야 하는… 거 맞는 거야?"

팽안록이 띄엄띄엄 말했다.

"여기까지 왔는데 포기할 순 없잖아!"

남궁연이 짜증스럽게 말을 받았다.

이젠 세가의 자존심 문제였다. 해가 뜰 때까지 내달린 것이 아까워서라도 계속 달려야 했다.

"젠장!"

제갈소명이 입술을 깨물었다.

"가보자고!"

* * *

오전 무렵이 되어 도유강과 풍천은 항산의 용추봉 중턱쯤에 이르렀다.

마침 약초 캐는 노인이 보여 풍천이 다가갔다.

노인은 비쩍 마른 몸에 얼굴에 주름이 가득했다. 등도 살짝 굽었고, 머리는 백발이었다.

약초 바구니를 옆에 두고 있던 노인은 흘깃 풍천을 보더니 약초 바구니를 살며시 끌어안았다. 이른 아침부터 고생해서 캐낸 약초를 빼앗길 수 없다는 의지가 엿보였다.

풍천이 입을 열었다.

"묻겠다. 수렴곡은 어디에 있지?"

노인이 바로 뚱한 표정을 지었다.

"수렴곡이 누구인지 난 모르겠네만……."

풍천이 고개를 갸웃했다.

"수렴곡은 사람이 아니라 골짜기 이름이다."

"저기… 젊은이, 혹시 내 약초를 빼앗으려는 것은 아니지?"

노인이 바구니를 더욱더 꽉 끌어안았다.

"약초?"

"내가 이 산을 오십 년이 넘게 오르내렸지만 수렴곡이란 이름은 들어보지 못했다네. 없는 이름을 들먹이는 건 좋은 징조는 아니니까 말이네. 늙고 힘없는 노인을 불쌍히 여기게나."

"그럼 와선신의는 들어보았나?"

노인이 고개를 갸웃했다.

"항산이 명산이긴 해도 신선이 누워 있는[臥仙] 건 보지 못했네."

"흠, 사람을 잘못 골랐군."

이 노인은 그저 그런 촌부에 불과했다. 더 머뭇거리며 대화를 나눌 이유가 없었다.

풍천은 즉시 그 자리를 벗어났다.

훅, 하고 바람을 일으키며 풍천이 그 자리에서 사라졌다.

노인은 뚱한 표정으로 한동안 서 있다가 다시 약초를 찾기 시작했다.

잠시 후, 노인은 눈을 부릅떠야 했다.

와선신의를 찾아 73

어느샌가 험상궂은 인상에 신장이 장대하고 뾰족한 창살수염을 단 사내가 나타난 것이다. 그의 어깨에는 선녀같이 아름다운 여인이 앉아 있었다.

"무, 무슨 일······."

거구의 사내 뒤로는 약 서른 명가량의 짐승 가죽을 걸친 자들이 버티고 서 있었다.

녹림왕과 십령주, 그리고 녹림대주들이 벼락같이 들이닥친 것이다.

녹림왕이 물었다.

"바른 대로 말해라. 수렴곡은 어디에 있느냐?"

"항산에 수 씨 성을 가진 사람은 없습니다만······."

"골짜기 이름이다. 와선신의가 머물고 있는 곳 말이다!"

녹림왕이 버럭 성을 냈다.

노인은 다시 와락 바구니를 끌어안았다.

"나는 듣도 보도 못한 이름이오만. 제발 부탁이니 이 약초는 빼앗지 마시오."

녹림왕이 눈을 가늘게 뜨고 노인을 바라봤다.

노인이 슬그머니 눈을 내리깔았다.

"쯧쯧쯧."

어깨 위에 있던 손약란이 혀를 차며 고개를 저었다.

"아버지, 이 영감탱이는 노망이 든 것 같어. 글렀어."

녹림왕이 입을 쩝쩝 다셨다. 동감이었다.

"가자!"

녹림왕이 수하들을 향해 짧게 말했다.

우르르 몰려왔던 녹림인들이 다시 먼지를 일으키며 내달려 사라졌다.

노인은 그들의 뒷모습을 한동안 멍하니 쳐다봤다. 그러다 고개를 살랑살랑 저으며 중얼거렸다.

"흠냐, 오늘은 일진이 사납군, 사나워."

노인은 더 이상 약초를 캐는 것이 껄끄러운지 바구니를 꼬옥 안고 산 아래쪽을 향해 걸음을 옮겼다.

얼마나 내려갔을까.

휘리릭!

척!

일곱 명의 흑의인이 홀연히 노인 앞에 모습을 드러냈다.

무산칠귀였다.

노인이 벙 찐 표정으로 바보같이 무산칠귀를 보며 입을 헤벌렸다.

무산칠귀의 대형인 무상귀가 노인을 차갑게 노려봤다.

노인이 서둘러 말했다.

"나는 수렴곡을 모르외다. 항산에 수렴곡이란 곳은 없소이다."

무상귀는 검지로 자신의 볼을 매만졌다. 눈동자는 여전히 노인을 떠나지 않았고, 한 번도 깜빡이지 않았다.

노인이 침을 꿀꺽 삼켰다.

"와선신의도 모르오. 들어보지도 못했지요. 그러니 제발 약초만은 달라고 하지 마시구려."

그제야 무상귀가 옅게 미소를 머금고 아우들을 돌아봤다.

무산칠귀의 아우들이 눈을 마주치며 씨익 웃었다.

"흐흐, 수렴곡과 와선신의라……."

무상귀가 노인을 돌아봤다.

"방금 전 가죽옷을 걸친 험상궂게 생긴 놈들은 어디로 갔지?"

노인이 녹림도들이 떠나간 방향을 손으로 가리켰다.

무산칠귀는 지체없이 신형을 날려 사라졌다. 각자의 신법이 어찌나 절묘한지 땅 위를 떠다니는 것 같았다.

노인은 아랫입술을 깨물고는 다시 걸음을 옮겼다.

그러나 채 열 걸음을 떼기도 전에 한 어린아이가 불쑥 땅에서 솟아난 듯, 하늘에서 강림한 듯 나타났다.

"저기… 애야, 난 약초꾼인데… 혹시 수렴곡을 찾는 것이라면……."

"흥!"

전광동자가 차가운 눈으로 콧방귀를 뀌더니 그대로 무산칠귀의 뒤를 쫓았다.

노인이 멍한 눈으로 하늘을 올려다봤다.

"휴우!"

갑자기 나타났다가 사라진 놈들이 벌써 네 번째다. 그리고 하나같이 노인공경 사상 따위는 배운 바가 없다는 듯 반말에 비웃음에 콧방귀로 일관했다.

노인은 빠른 걸음으로 산을 내려가기 시작했다.
얼마쯤 갔을까.
노인은 다시 걸음을 멈춰야 했다.
"헉헉헉!"
거친 호흡과 함께 네 명의 청년이 길을 가로막았다. 몰골이 말이 아니었고, 숨을 쉬는 것은 어깨의 역할이라는 듯 어깨를 들썩였다.
"어르신, 죄송합니다만… 혹시……."
남궁연이 말 사이사이마다 숨을 몰아쉬며 말했다.
노인이 입을 삐죽 내밀었다.
그래도 이제까지 거쳐 간 자들 중 가장 고운 말, 바른말을 쓰는 청년이었다.
그러나 노인도 이젠 한계였다.
노인이 한순간 폭발했다.
"이 씨발 놈들아, 이게 대체 뭔 짓이냐! 수렴곡 모른다잖아. 와선신의가 누군지도 모른단 말이다, 이 개 잡종 새끼들아!"
네 기재가 깜짝 놀라 숨 쉬는 것도 잊고 눈을 연신 끔뻑거렸다. 보자마자 욕설이었다. 그러나 욕을 먹긴 했지만 노인은 욕설 속에서 이미 답변을 해주었다.
"감사합니다, 어르신!"
네 기재는 공손히 허리를 숙인 후 다시 신형을 날렸다.
노인이 이마에 주름이 가득 떠올랐다.
"젠장……."

탁!

노인이 약초 바구니를 바닥에 던져 버렸다. 그동안 결코 빼앗기지 않으려고 신주단지 모시듯 했던 그 바구니다.

노인이 중얼거렸다.

"첫 번째 놈이 제일 무서운 놈이로군. 두 번째 놈들은 녹림! 덩치가 제일 큰 놈이 새로운 녹림왕인 건가. 그런데 세 번째 놈들과 네 번째 어린아이는 누구지? 흠, 거기에 세가의 애송이들까지. 골치 아프게 되었군."

노인이 구부정한 어깨를 폈다.

그러자 마른 체구에 웅크린 노인에서 제법 건장한 외형의 노인이 되었다.

시간이 없었다. 한 무리도 버겁거늘 다섯 무리가 찾고 있다. 항산에서의 편안함은 끝났다. 이제 다른 곳을 찾아봐야 할 때였다.

노인!

와선신의는 모두가 사라진 반대편으로 신형을 날렸다.

* * *

항산의 산새들이 날아올랐다.

호랑이와 곰이 달려나오고, 온갖 산짐승들이 정신없이 날뛰었다. 덩달아 도유강도 거의 반 미쳐 버릴 지경이었다.

항산에 도착한 것은 오전이었다. 지금은 해가 서쪽으로 기울고 있었다.

 눈은 풀리고 몸은 힘없이 축 처져 있었으며 혀와 입술은 완전히 붙어버렸다. 그러나 정신만큼은 아직 명료했다. 그것은 차라리 저주였다. 아예 정신을 놔버린 것이라면 모를까, 풍천의 등에 매달려 하루를 항산에서 보내다 보니 도유강은 미쳐버리기 일보 직전이었다.

 오전부터 해가 저무는 지금까지 도유강은 항산의 절경을 눈에 못이 박히도록 구경했다.

 항산의 봉우리가 서른두 개라는 것과 이제껏 한 번도 본 적이 없는 기암절벽과 신비한 풍광을 보며 자연의 위대함도 알게 되었다.

 그러나 문제는 그 모든 것이 스스로 알고 싶어서 알게 된 것이 아니라는 점이었다.

 솔직히 풍천이 항산의 모든 봉우리를 뒤져 가며 산을 한 바퀴 돌 때만 해도 그러려니 했다. 수렴곡과 와선신의를 찾는 일은 사느냐 죽느냐의 문제였기 때문이다.

 그러던 것이 두 바퀴가 되고 세 바퀴가 되었다. 급기야 해가 진 지금은 일곱 바퀴까지 돌았다. 이러니 항산의 봉우리 숫자며 지형지물의 특색까지 모조리 알게 되고 말았다.

 '여긴 소나무가 멋져.'
 '흠, 절벽이 이렇게 특이하게 깎일 수도 있구나.'
 '폭포가 가히 절경이로구나.'
 이런 한가한 감상은 처음뿐이었다.

일곱 바퀴를 돈 지금 도유강의 머리는 빙글빙글 돌고, 속은 메스꺼운데다 신물까지 올라왔다.

풍천이 암벽을 건너뛰고, 큰 나무 꼭대기를 기어올라 갔다가 단번에 뛰어내릴 때마다 도유강은 풍천의 등에 머리를 박아대야만 했다.

또한 대자연의 기이한 굴곡을 건너뛰고 급선회할 때면 모가지가 휙휙 돌아갔다.

도유강이 볼 때, 풍천은 미쳐 있었다.

이놈을 멈춰 세워야 한다는 심정은 절박했지만 방법이 없었다. 어쩌면 사흘, 나흘이 지나고, 자신이 죽은 뒤에도 풍천은 죽은 자신의 시신을 등에 매달고 영원히 항산을 맴돌 것 같았다. 생각만으로도 무서웠다. 죽어서 구천을 헤매는 것이 아니라 항산을 헤매게 되다니.

그렇게 항산을 들쑤시는 와중에 도유강은 새로운 사실도 알게 되었다.

왜 그렇게 짐승들이 경기를 일으키며 천지사방으로 뛰어다니는지에 대한 해답이기도 했다.

그건 바로 항산을 쑤시고 다니는 자가 풍천 혼자만이 아니었기 때문이다.

항산을 일곱 바퀴 도는 동안 도유강은 여러 무리의 면면을 볼 수 있었다.

녹림왕과 녹림의 고수들과는 세 번 마주쳤고, 흑의를 걸친 일곱 명의 음험한 분위기의 고수들과는 두 번, 세가의 기재들과는 다섯 번이나 마주쳤다. 얼핏 어린아이도 본 것 같기도 했고, 오전에 만났던 약초를 캐고 있던 의심스러운 노인도 아래쪽에서 한 번 더 보았다.

그들 중 누구와도 차분히 이야기를 나누지는 못했다.

누구를 만나건 풍천이 아예 없는 사람 취급하며 그냥 쏜살같이 다른 곳으로 이동했기 때문이다.

다시 처음 장소인 용추봉 중턱 정도에 이르렀다.

풍천은 무슨 일인지 신형을 멈췄다.

서쪽으로 기울어진 해는 붉은 빛을 대지에 뿌리고 있었다.

몸이 정상이 아닌데다 점심때 목을 축인 것이 전부였던 도유강은 이제 슬슬 수면을 취하고 싶었다.

힘이 있다면야 배고프다고 호통이라도 쳤을 것이다. 그러나 힘이 없으니 그냥 잠을 자는 것이 최선이었다.

풍천은 제 놈이 견딜 만하면 천하인이 모두 괜찮다고 생각하는 놈이었기에 챙겨주길 기대하는 건 아무래도 무리였다.

그때 풍천의 음성이 들려왔다.

"주군, 죄송합니다. 저의 어리석음으로 주군을 피곤케 했습니다. 하지만 주군의 생사가 걸려 있는 문제이니만큼 오늘 밤까지는 무슨 일이 있어도 수렴곡을 찾아내고야 말겠습니다. 앞으로 세 바퀴만 더 뒤지면 찾을 수 있지 않을까 싶습니다."

도유강이 씩씩하게 대답해 주었다.

"헤에엑……."

"네, 잘 알겠습니다."

속마음을 읽는 독심술 능력을 발휘하는 모양이었다. 결과는 언제나 신통치 않은데다 원하는 방향과는 반대로 해석이 되는 신비무쌍한 독심이었다. 정녕 다 죽어가는 숨소리조차 내지 말아야 하나 하는 고민이 들었다.

풍천이 말했다.

"주군, 염려 마십시오. 여러 사람이 힘을 합한다면 곧 좋은 소식을 맞게 될 것입니다."

'여러 사람?'

도유강이 의문을 떠올리기가 무섭게 녹림왕 무리가 달려왔다.

녹림왕과 손약란을 제외하고 나머지는 지친 기색이 역력했다. 왜 안 그러겠는가? 녹림 무리도 최소한으로 잡아도 항산을 다섯 바퀴는 돌았을 것이리라.

"수렴곡을 찾았느냐?"

풍천이 다짜고짜 물었다.

마치 사전에 명령을 내려놓고 결과를 기다리고 있었다는 자세이다.

"아직입니다. 죄송합니다."

녹림왕이 공손히 머리를 조아렸다. 명을 수행하지 못해 황공하다는 자세. 둘 다 죽이 착착 맞았다.

풍천이 곧바로 책망했다.

"이 미련한 놈들!"

그때 한소리 욕설이 섞인 호통이 터져 나왔다.

"이 새끼들아, 이제 그만 좀 처달려!"

소리가 끝나갈 무렵에 일곱 개의 검은 그림자가 모습을 드러냈다.

그중 무산칠귀의 셋째 추혼귀가 녹림왕을 향해 삿대질을 했다. 추혼귀의 옷은 땀으로 흠뻑 젖어 있었다.

"우리는 할 만큼 했다. 하지만 이제 더는 못 참는다. 또 달리면 그땐 다 죽는 거다!"

첫째 무상귀가 셋째를 팔로 제지하고 녹림왕 쪽으로 한 걸음을 뗐다.

녹림왕이 바로 눈살을 찌푸렸다.

"무상귀?"

곁에 있던 녹림십령주가 일제히 병기를 꺼내 들었다.

무상귀가 고개를 저었다.

"너희와 싸우려고 온 것이 아니다. 한 가지를 묻고, 그 대답 여하에 따라 떠날지 말지를 결정하겠다."

무상귀의 음성은 그의 선비 같은 모습과 어울리게 평온했다. 하지만 그의 얼굴 한편에는 아주 질렸다는 표정도 떠올라 있었다.

'흐음.'

녹림왕은 뭘 물어보려는지 듣지 않고도 알 수 있었다.

흑룡방을 지원하기 위해 무산칠귀가 오고 있다는 정보를 이미 들어 알고 있었기 때문이다. 그래도 일단은 시치미를 떼기로 했다.

"뭐냐?"
녹림왕이 곱지 않게 물었다.
"흑룡방!"
"흑룡방?"
"그렇다. 너희 녹림은 흑룡방과 화친이라도 맺은 것인가?"
"흥!"
녹림왕이 코웃음을 쳤다.
하지만 그사이 머리로는 무슨 말을 어떻게 해야 할지 안 돌아가는 머리를 굴리느라 바빴다.
무산칠귀가 두려워서가 아니었다. 무산칠귀와 일대일로 마주쳤다면 두말 않고 선공을 가하고도 남았다.
두려운 것은 풍천이었다. 발에 땀이 나도록 항산을 돈 것도 오직 풍천의 눈 밖에 나 녹림이 전멸당하지 않기 위함이었다.
풍천은 살짝 돌아 있었다.
유강이라는 애송이 주군을 살리려는 생각 외에는 아무 생각도 없는 인간이었다. 만약 무산칠귀가 설쳐 대면 그렇지 않아도 발작 직전인 풍천이 미친 척 이 자리에 있는 모두를 죽여 버릴지도 모르는 일이었다.
살기 위해 항산에 왔지, 죽으려고 온 것이 아니지 않는가!
원만히 이 상황을 넘겨야 했다.
녹림왕이 비웃음 속에 분주히 뇌를 가동할 때였다.
"그놈들 다 죽었는데요?"
목소리는 녹림왕의 어깨 위쪽에서 흘러나왔다.

녹림왕이 눈을 부릅떴다.

믿는 도끼가 발등을 찍어버렸다. 딸을 너무 오냐 오냐 키웠구나 하는 자괴감이 해일처럼 밀려들었다.

무상귀가 고개를 갸우뚱했다.

"죽어?"

그에 맞춰 손약란이 어깨를 으쓱했다.

"호호, 이 새끼들, 몰랐던 건가? 난 알고 물어본 줄 알았는데 진짜 몰랐나 보네. 호호호, 흑룡방주랑 흑룡방도 모조리 죽었어."

"허허허, 입이 험한 친구로군. 농담도 제법이고."

무상귀가 어처구니없다는 듯 허허거렸다.

손약란이 슬쩍 상체를 당기며 말했다.

"난 너 따위 친구로 둔 적 없는데? 너 누구냐?"

"이년이!"

한소리 외침과 함께 신형 하나가 솟구쳤다.

무산칠귀 중 성질머리가 가장 사나운 셋째 추혼귀였다.

녹림왕이 우장을 가슴께로 들어 올렸다.

풍천의 눈치도 눈치지만 딸을 공격하는 놈을 그냥 두고 볼 수만은 없는 노릇이었다.

그때였다.

"조용히!"

천둥이었다.

공기를 갈가리 찢어버리는 벼락이 천둥소리와 함께 땅을 진

동시키듯 주변의 공기가 파르르 떨었다.

 허공을 가로지르던 추혼귀가 음파의 충격에 가슴을 부여잡고 중도에 털썩 주저앉았다.

 무상귀가 미간을 좁히고 풍천을 노려봤고, 녹림왕도 흠칫 놀라 손을 내려놓았다.

 그러나 뭐니 뭐니 해도 가장 크게 타격을 입은 것은 도유강이었다.

 한 줌 내력도 운용치 못하는 상태에 몸이 만신창이가 된 도유강은 음파를 정면으로 받지 않았음에도 머리가 하얗게 탈색되는 충격에 거의 식물인간같이 축 처지고 말았다.

 "지금 누구 앞에서 흑룡방 따위를 논하는 것이냐!"

 풍천이 준엄하게 꾸짖었다.

 최대한 예의를 갖추려던 무상귀도 이제는 한계였다.

 "흑룡방 따위? 흑룡방주는 나의 친우다. 네놈들의 세 치 혀로 놀릴 만한 인물이 아니다. 두려움을 모르는 용맹한 무인인 그를 모독하는 것은 곧 나를 모독하는 것이다."

 "용맹? 두려움을 몰라? 누가?"

 손약란이 되물었다.

 무상귀를 비롯한 무산칠귀의 눈에서 불꽃이 일었다.

 손약란이 실실거렸다.

 "흑룡방주가 죽은 건 안됐어. 나도 조의를 표할게. 불쌍하기도 하지. 하지만 우리, 말은 똑바로 하자. 흑룡방주는 우리 풍천님한테 딱 걸려서 살아보겠다고 죽자 사자 도망치는 걸

우리 풍천님께서 쫓아가서 목을 쳐버렸거든. 호호호호호! 그렇죠, 풍천님?"

손약란이 말을 끝맺으며 풍천을 바라봤다.

'저 잘했죠?' 하는 표정이었다.

녹림왕은 딸이 풍천의 손으로 무산칠귀를 죽여 버리려고 도발한 것임을 알고 슬그머니 뒤로 물러날 채비를 했다.

"사실이냐?"

무상귀가 차갑게 물었다.

시선을 받은 풍천은 대답이 없었다.

그저 골똘히 깊은 생각에 잠긴 듯 턱을 어루만지고 있었다.

무상귀 등은 어처구니가 없었다.

이 심각한 상황에서 홀로 동떨어져 나름의 생각을 할 수 있다는 것에 경의를 표하고 싶을 정도였다.

불쑥 풍천이 입을 열었다.

"맞아. 말이 안 되는 것이었다. 그걸 놓치다니……."

무산칠귀가 의문 어린 눈으로 바라봤다.

그러나 녹림왕과 수뇌부는 슬금슬금 뒷걸음질 쳤다.

좋은 징조가 아니었다. 이미 그들은 풍천이라는 인간의 인간 같지도 않은 무위와 그 무위에 어울리지 않는 파격적인 정신세계를 체험으로 알고 있었다.

풍천이 다시 중얼거렸다.

"그 노인… 그 노인이었어."

다시 뜻 모를 소리에 의문만 커졌다. 아무도 알아듣는 사람은 없었다.

그러나 도유강만은 풍천의 말뜻을 알아차렸다.

등 뒤 매미 상태의 도유강은 풍천의 머리를 한 대 후려 쳐버리고 싶었다.

약초를 캐던 그 노인은 처음부터 수상쩍었다.

보통 사람이, 그것도 심약한 노인이 풍천을 눈앞에 두고도 태연자약할 순 없는 것이다. 또 두 번째 산 아래쪽에서 마주쳤을 때는 평범한 노인이 그리 빨리 산 아래쪽까지 내려온다는 것은 불가능했다.

그 노인이 와선신의인지는 확신할 수 없었다. 하지만 한 가지 거짓말을 하고 있는 것은 분명하기에 추궁할 가치는 충분했다. 그럼에도 풍천은 아예 없는 사람 취급하며 미친 듯이 산을 쑤시고만 다닌 것이다.

도유강으로서는 지금이라도 그 사실을 떠올린 것을 칭찬해야 할지, 말할 기운도 없는 자신의 처지를 원망해야 좋을지 그저 나오느니 신음과 한숨뿐이었다.

풍천이 무산칠귀를 쓸어봤다.

"넣어둬라. 나중에 찾도록 하마."

무산칠귀 모두의 얼굴에 물음표가 마구 떠올랐다.

손약란이 친절히 설명해 주었다.

"이 새끼들아, 뭘 그리 뚱하니 쳐다봐! 네놈들 목숨 넣어두라잖아! 목은 나중에 천천히 따신다고!"

"이놈이!"

무산칠귀가 발작했다.

하지만 풍천이 더 빨랐다.

쐐애애애앵~

도유강의 목이 뒤로 확 젖혀지며 풍천은 순식간에 산 아래를 향해 질주했다. 지켜보는 이들이 뭔가 하고 다시 풍천의 흔적을 찾았을 때는 이미 하나의 점으로 변해 있었다.

그 뒤를 녹림왕과 녹림 수뇌부가 쫓았다.

몸체가 가는데 꼬리는 당연히 붙어 가는 것이 아니냐는 신속한 결정이었다.

휘이이잉~

방금까지 무더기로 서 있던 녹림도의 자리와 풍천의 자리가 휑하니 비었다.

무산칠귀는 텅 빈 공간을 보다가 서로의 얼굴을 바라봤다. 너무 황당하니 헛웃음조차 나오지 않았다.

그때 거친 호흡과 함께 네 사람이 달려왔다.

세가의 네 기재였다. 이미 그들은 사람이 아니었다.

머리는 산발에 옷은 물에 빠졌다가 나온 것처럼 땀으로 흠뻑 젖어 있었다.

"헉헉, 저기… 다들 어디로 갔습니까?"

팽안록이 간신히 물었다.

말을 하는 것도 버겁다는 듯 허리를 구부리고, 한 손으로는 무릎을, 다른 한 손으로는 가슴을 움켜쥐고 있었다.

무산칠귀의 추혼귀가 버럭 고함을 내질렀다.

"이것들은 또 뭐야!"

네 기재가 화들짝 놀라 반걸음씩 물러났다.

무상귀가 나직이 말했다.

"가자."

셋째 추혼귀부터 일곱째 고목귀까지 한차례 쏘아봤지만 무상귀와 통천귀가 신형을 날리자, 살기 어린 시선을 거두고 그 뒤를 따랐다.

네 기재가 멍하니 그 모습을 쳐다봤다.

그러다 누구 할 것 없이 그 자리에 풀썩 주저앉아 버렸다.

"이제 더는 못 가."

남궁연이 고개를 저었다.

"경공 시합도 아니고……."

모용운천이 동조했다.

제갈소명이 말을 받았다.

"작작 좀 달려야지. 이건 너무 심하잖아."

결론은 팽안록이 내렸다.

"우리 그냥… 집에 가자."

第四章
맹세

전전긍긍
마교교주

쏴아아아!

폭포의 물줄기가 거세게 쏟아져 내렸다. 저물어가는 석양을 받아 폭포 면이 황금빛으로 물들어 있었다.

풍천이 쏟아져 내리는 폭포를 물끄러미 바라봤다.

노인을 두 번째로 본 곳이 바로 이 부근이었다.

주변은 이미 이 잡듯 뒤진 후였다. 이제 남은 건 폭포 안쪽뿐이었다. 수렴곡이라는 명칭도 폭포를 보고 있자니 그럴듯하게 다가왔다.

풍천은 그대로 신형을 날려 폭포를 관통했다.

촤아악!

쏟아지는 물줄기로 도유강이 물을 뒤집어썼다. 물에 빠진

생쥐 꼴이 된 도유강이 인상을 찡그렸다.

'이 배려심없는 놈.'

물줄기를 지나 두 발을 디딘 곳은 동굴이었다.

동굴의 폭은 꽤 넓어 어른 네 사람이 어깨를 나란히 하고 걸을 수 있을 정도였다. 야명주나 빛을 내는 불씨는 어디에도 없었다. 그저 폭포가 휘장처럼 드리운 뒤쪽에서 황혼의 햇살이 옅게 비추고 있을 뿐이었다.

풍천이 거침없이 동굴을 따라 걸었다.

한참 걸음을 옮기자, 동굴은 완전히 어둠에 잠겼다. 아무것도 보이지 않는 상태가 되고 말았지만 풍천의 움직임은 오히려 더욱 빨라졌다. 뒤쪽에서 들려오던 폭포 소리는 이제 희미하게 들려올 뿐이었다.

풍천의 움직임엔 소리가 없었고, 동굴에는 오직 도유강의 옅은 신음 소리만이 낮게 울려 퍼졌다.

신음이 이어지자, 풍천이 살짝 미간을 찡그렸다.

"주군, 이제 거의 다 왔습니다. 조금만 참으십시오. 치료가 끝나는 대로 주군을 고생시킨 와선은 가만두지 않겠습니다. 아니, 반드시 죽여 버리겠습니다."

도유강이 대답했다.

"허어어……."

미친 짓은 그만두라는 말을 하고 싶었다. 그러나 뜻이 잘 전달되었는지는 의문이었다.

"네, 주군께서 기뻐하시리라 생각했습니다."

전달 실패!

동굴의 끝이 보이기 시작했다. 굽어 도는 길을 막 벗어나자, 어둠이 걷히고 석양의 붉은 빛이 옅게 비춰들었다.

눈을 한 번 깜박이기도 전에 풍천이 동굴을 빠져나왔다.

새로운 정경이 두 사람을 맞이했다.

항산 안의 또 다른 항산!

왜 항산을 쥐 잡듯 뒤져도 발견하지 못했는지 그에 대한 해답이 눈앞에 있었다. 움푹 파인 분지 형태로 사방이 기암절벽으로 막혀 있었다. 절벽에서 뛰어내리지 않는 한 발견하기 힘든 지형지세 속에 감춰진 장소였던 것이다.

풍천이 몇 걸음 딛다가 걸음을 멈췄다.

도유강은 풍천의 어깨너머로 전방을 살폈다.

이십여 장 앞에 세 사람이 보였다.

그중 두 사람이 무릎을 꿇고 있었고, 그들 가운데로 한 노인이 꼿꼿이 허리를 세운 채 서 있었다. 수렴곡이란 사람도 모르고, 와선신의는 더더욱 모른다고 했던 약초를 캐던 노인이었다.

"주군, 역시 저 늙은이가 와선신의였나 봅니다."

풍천이 나직이 말했다.

무뚝뚝한 어투 속에 얼핏 살의가 담겨 있었다.

와선신의는 등에 커다란 봇짐을 지고 있는 것이 멀리 여행이라도 떠나려는 모양새였다.

오늘 온종일 수렴곡과 와선을 찾는다면서 풍천과 녹림, 무산칠귀 등이 항산을 뒤집어놓았으니 불안하기도 했으리라. 도유강은 그래도 늦지 않게 와선신의를 볼 수 있어 다행이라고 생각했다.

"와선, 이대로 보내줄 수 없소이다. 내 아들은 어찌한단 말이오!"

"와선, 평생 비밀로 하겠소. 어떤 보상이라도 요구하는 대로 다 들어줄 테니 그저 딸아이만 치료해 주시오!"

와선의 바짓가랑이를 붙들고 두 사람은 피라도 토할 듯 간절한 음성으로 외쳤다.

두 사람 모두 등만 볼 수 있었지만 머리카락 일부가 희끗한 것이 나이가 적지 않아 보였다. 와선이 진즉 수렴곡을 떠나지 못한 이유도 두 사람의 애원에 붙들린 탓으로 보였다.

와선은 아무 대꾸도 없었다.

그는 그저 시선을 멀리 두고 저무는 하늘가를 바라볼 뿐이었다. 오전에 보았을 때와는 달리 두 눈에 공허함이 가득 들어차 있었다.

그 모습을 보고 있자니 도유강은 마음 한편이 불안해졌다. 저리 애원해도 거절할 정도면 풍천의 외압에도 끝까지 버틸 것만 같았다.

그때 뒤쪽이 갑자기 소란스러워졌다.

녹림왕과 녹림의 고수들이 우르르 모습을 드러냈다.

그들은 호위라도 서듯 좌우로 병풍처럼 늘어섰다.

와선의 시선이 무리를 쫓았다. 순간 와선의 얼굴로 염증이 난다는 표정이 떠올랐다.

"비키시오!"

와선이 무릎 꿇은 두 사람을 향해 버럭 외쳤다.

그러나 두 사람은 꿈쩍도 하지 않았다.

와선이 흥, 하고 등에 짊어진 봇짐을 내려놓았다.

그가 말했다.

"나 와선은 하늘에 맹세했고, 그 맹세를 깨뜨릴 생각이 없다. 무림인들 간에 서로 상쟁하여 얻은 병과 상처는 결코 치료하지 않을 것이다. 맹세를 깨느니 차라리 이 자리에서 자결하는 것이 낫다."

딱히 누군가를 지목해서 말하는 것이 아닌, 스스로의 다짐을 다시금 되새기는 듯한 말이었다.

두 사람이 서둘러 말했다.

"그 맹세는 잘 알고 있소이다. 하지만 하늘의 뜻이 어찌 죽어가는 자를 버려두는 것이라 할 수 있겠소."

"와선, 내 딸아이는 비록 무공을 익혔으나 지병일 뿐이라고 몇 번이나 말씀드려야겠소이까."

풍천이 고개를 갸웃했다.

녹림왕이 슬며시 풍천 곁으로 다가갔다.

"흠, 저로서도 처음 들은 이야기로군요. 이십 년 전 와선이 강호에서 활동할 때만 해도 고집이 대단했지만 저런 맹세는 한 적이 없었습니다. 잠적하던 시기에 어떤 사건이 벌어졌던 모양입니다."

그 말을 듣자 도유강은 마음이 아득해졌다.

이제 남은 시간은 고작 이틀뿐이었다. 오늘 온종일 고생한 것은 도대체 무엇 때문이었단 말인가.

풍천이 천천히 고개를 끄덕였다.

"대단한 기개로군."

"사대천왕 중 한 명인 도왕도 와선의 기개를 꺾지 못했다고 전해지고 있습니다."

"사대천왕 따위야……."

녹림왕이 멍하니 눈을 깜박였다. 사대천왕을 어느 시골 마을의 하룻강아지 취급을 하고 있었다. 다른 누군가가 말했다면 턱을 갈겨주며 '강호가 우습냐?' 정도로 뇌까렸겠지만 풍천이 말하니 어쩐지 납득되고 말았다.

"흠, 그럼 일단 두 다리를 자르고 시작해야겠군. 의술이야 두 손만 있으면 될 테니까."

풍천이 나직이 말했다.

"그렇습……."

녹림왕이 무심결에 대답하다 입을 닫았다.

풍천이 검을 뽑아 든 것이다.

풍천이 천천히 걸음을 옮겨 간청하고 있는 두 사람 사이로 파고들었다. 와선을 향해 빌다시피 하던 두 사람이 멍하니 풍천을 올려다봤다.

풍천이 말했다.

"와선, 주군을 치료하라. 거절하는 말이 나오는 순간, 네놈의 다리를 하나씩 자르겠다."

 감정없이 나직한 목소리, 그 어디에도 위협적인 느낌은 없었다. 그저 주문받은 돼지족발 하나를 자르겠다는 듯 담담함이 흘러나왔다.

 와선이 뚫어져라 풍천을 바라봤다.

 상대가 화를 냈다면 콧방귀를 뀌어줬을 것이다.

 애걸을 했다면 쯧쯧 하며 혀를 차주었을 것이다.

 폭급하게 화를 냈다면 껄껄 웃어줄 생각이었다.

 그런데 이 인간은 감정이 느껴지지 않았다.

 와선신의는 세수 칠십 세를 넘기는 동안 수많은 인간 군상들을 다양하게 겪어봤다. 하지만 이렇듯 철저히 무심한 인간은 처음이었다.

 한 가지는 확실했다. 어찌 나오나 보자며 슬그머니 겁을 주려는 것이 아니었다. 말 한마디 잘못 나가면 다리는 사라질 것이 틀림없었다.

 "셋!"

 숫자는 헤아리겠다는 경고도 없이 풍천이 숫자를 거꾸로 세기 시작했다.

 "둘!"

 와선의 주름진 이마로 땀방울이 맺히며 또르르 흘러내렸다. 그러면서도 와선은 풍천과 마주한 두 눈을 피하지도, 눈을 깜박이지도 않았다.

 "하나!"

맹세 99

쉬익!

말이 끝남과 동시에 뭔가가 번쩍였다.

한줄기 빛살이 풍천의 옆구리로 파고들었다.

풍천이 검을 기이하게 꺾어 돌려 빛살을 튕겨내고 위로 솟구쳤다. 빛살은 방향이 바뀌는가 싶더니 다시 풍천의 몸을 따라갔다.

풍천이 검으로 빛살을 내려쳤다.

캉!

빛살이 완전히 기세를 잃고 떨어지고, 그 뒤를 이어 장력이 풍천의 등, 정확히는 도유강의 등으로 향했다.

풍천이 순식간에 몸을 틀어 장력이 정면으로 오게 하고는 양팔을 교차시키며 가슴을 막았다.

퍼엉!

장력의 기세에 의해 풍천의 몸이 허공중에 두 바퀴를 빙글빙글 돌아 바닥에 착지했다.

도유강은 풍천이 자신을 지키기 위해 장력을 그대로 맞받아 버티지 않았음을 알 수 있었다. 장력의 기운을 온전히 해소하기 위해 허공을 선회한 것이다. 그러나 그 현란하기 짝이 없는 몸동작에 도유강은 극도의 어지럼증을 느끼고 입가로 침을 주르르 흘렸다.

와선이 버럭 외쳤다.

"귀문방주, 관산선생! 당신들이 관여할 일이 아니오!"

풍천에게 기습을 전개한 두 사람은 방금 전까지 와선에게 매달려 있던 자들이었다.

 두 사람은 나란히 선 채로 풍천을 당혹스럽게 바라보고 있었다. 와선이 소리쳤지만 와선의 목소리는 전혀 들리지도 않는다는 얼굴들이었다.

 그럴 수밖에 없는 것이, 손만 뻗으면 닿을 수 있는 거리였고, 절초를 펼쳤음에도 전혀 해를 입히지 못한 것이다.

 한편 녹림왕과 녹림의 수뇌들은 다른 관점에서 놀라움을 금치 못했다.

 귀문방주와 관산선생!

 귀문방은 십대방파 중 수위를 다투는 곳으로 흑룡방과 비교하자면 흑룡방이 한 수 접고 들어가야 할 정도의 위세를 지니고 있었다.

 특히 귀문방주 성유곤의 비도술은 강호의 일절로 불리며 탈명도라는 별칭처럼 발출하면 반드시 상대의 숨통을 끊어놓는 것으로 이름 높았다.

 또 관산선생은 어떠한가.

 그는 천하 칠대세가에 버금가는 모산 홍가의 가주로 그가 지닌 무공은 칠대세가의 그 누구와 견주어도 손색이 없다는 명성을 얻고 있었다.

 관산선생의 태극신장은 현묘함과 강맹함을 함께 지니고 있는 강호의 절학으로 불리고 있었다.

 그런 귀문방주와 관산선생이 수하 한 명 곁에 두지 않고 와선에게 매달려 사정을 하고 있었던 것이다.

그러나 무엇보다 놀라운 사실은 귀문방주와 관산선생이 합세하여, 그것도 기습으로 풍천을 공격했음에도 풍천이 유유히 그 공세를 벗어났다는 점이었다.

와선이 걸음을 옮겼다.

와선은 풍천과 두 사람 사이를 가로막으며 말을 이었다.

"당신들 두 사람이 저 사람을 쓰러뜨린다고 해도 내 맹세는 변치 않을 것이오."

"와선신의! 우리가 손을 쓰지 않았다면 당신의 두 다리는 잘려 나갔을 것이오."

귀문방주가 역정을 토하듯 말했다.

"하하하하!"

와선이 크게 웃음을 터뜨렸다. 그가 똑바로 귀문방주를 응시했다.

"귀문방주, 내가 착각을 하고 있었던 것이오? 난 지금까지 이 두 다리가 내 것이라고 믿고 있었구려. 그런데 알고 보니 당신의 다리였던 모양이오."

귀문방주의 안색이 어두워졌다.

관산선생이 대신 나섰다.

"와선신의, 그대의 굳센 의지는 찬사받아 마땅하오. 하지만 하늘이 그대에게 비범한 재주를 주신 것은 그 재주로 병자를 보살피라는 뜻이 아니겠소이까."

그의 목소리는 매우 듣기가 좋아 사람의 마음을 어루만지는 것 같았다.

"흥, 어느 누구 할 것 없이 내 맹세를 깨뜨리지 못해 안달이 났군."

"이봐, 영감! 왜 그딴 맹세 같은 걸 한 거야! 무슨 이유인지는 몰라도 그냥 이쯤에서 접어두는 게 어때?"

불쑥 건방진 말을 토해낸 것은 손약란이었다.

비록 웃어른을 공경하는 마음이 털끝만큼도 없는 말이었지만 모두들 궁금해하고 있었던지라 와선의 대답을 기다렸다.

와선이 입을 열었다.

"까닭을 이야기해 주지. 이십오 년 전쯤이었다. 한 중년사내가 중상을 입고 날 찾아왔었지. 고작 서른 중반 정도였기에 죽기엔 아까운 나이였다."

와선의 얼굴에 깊은 회한이 서렸다.

"그는 근골이 뛰어나고 성정도 훌륭해 보였기에 나는 최선을 다해 그를 치료해 주었다. 그로부터 오 년 뒤… 그는 악마가 되어 있었다. 혈영신마라는 이름까지 얻었더군. 그가 죽인 자는 강호인만이 아니었다. 한 마을이 피바다가 되기도 했단 말이다. 나는 한 사람을 살렸다. 그러나 그로 인해 수백 명의 무고한 목숨을 죽이고 말았다. 내가 그를 살리지만 않았어도 모두 살아남았을 사람들이다. 혈영신마는 죽었어야 했다. 내가 하늘의 뜻을 거스른 것이다."

말을 마칠 때쯤 와선의 음성은 피를 토할 듯 격앙되어 있었다.

"난 그때 맹세했다. 결코 무림인들의 상쟁으로 인해 병이나 상처를 얻었다면 그것이 비록 매우 하찮은 타박상에 불과하더라도 치료하지 않겠다고 말이다. 죽어야 할 자를 살리느니 차라리 내 스스로 목숨을 끊겠다는 것이 내 맹세였다."

분위기가 한순간 숙연해졌다.

도유강도 마음이 무거웠다.

혈영신마에 대해 아는 바는 없었다. 하지만 자신의 신분이나 입장을 고려해 볼 때 와선신의의 관점에서는 분명히 또 다른 혈영신마라고 생각할 수 있을 터였다. 또한 자신 스스로가 그렇게 변하지 말라는 보장도 없었다.

"하하하하! 좋다, 좋아."

와선이 돌연 크게 웃으며 외쳤다.

혹시나 하는 기대가 여기저기에서 피어났다.

와선이 웃음을 그치고 말했다.

"깨끗하게 정리하도록 하지. 이 자리에서 나 와선은 스스로 목숨을 끊겠다."

와선이 손을 들어 올려 자신의 머리를 후려쳤다.

피잉!

파공성이 나면서 와선이 뻣뻣하게 굳어져 버렸다.

그의 손은 관자놀이에 거의 닿을 듯 말 듯 가까이 다가선 채였다.

"주군의 허락 없이 네게 죽을 권리란 없다."

풍천이 지풍을 날린 손가락을 거두고 말했다.

등 뒤에 매미, 도유강은 잠시 어이가 없어지고 말았다.

'내 허락 없이라고?'

언제부터 풍천이 허락을 받고 사람을 죽였단 말인가!

최근 흑룡방 도륙 사건도 도유강은 한마디 언급조차 한 적이 없었다. 허락을 구하겠습니다, 라는 말조차 듣지 못했다. 그저 도유강이 한 일이라곤 땅에 고요히 묻혀 대롱을 통해 숨을 쉬고 있었던 것이 전부이다.

그럼에도 풍천은 말끝마다 주군의 허락을 들먹이고 있었다.

한 삼 년 정도만 강호를 떠돌다 보면 대단한 살인교사자가 되어 있을 것 같았다.

풍천이 귀문방주와 관산선생을 향해 걸음을 옮겼다.

도유강은 바로 풍천의 의도를 알아차렸다.

풍천에게 필요한 사람은 와선이지, 살격을 날린 두 사람이 아닌 것이다. 풍천의 정신세계라면 주군을 위험에 빠뜨린 두 사람은 마땅히 죽어야 할 자들이었다.

도유강은 머리가 어질어질하고, 입술과 혀는 만 근의 철로 둔갑한 듯했지만 이곳이 피바다가 되는 것은 원치 않았다.

와선은 살아남아 앞으로 수많은 병자를 돌봐야 했다. 또 와선을 향해 애걸하던 귀문방주와 관산선생도 살아야 할 이유가 있었다. 그들에게 죄가 있다면 병든 자녀를 사랑한다는 것뿐이었다.

도유강은 철 입술과 철 혀를 움직였다.

"풍… 천……."

"주군!"

풍천이 걸음을 우뚝 멈췄다.

"이곳에서… 그 어느 누구도… 죽이지… 마라……."

"……."

풍천은 말이 없었다.

"풍천! 대답하라! 쿨럭쿨럭!"

도유강이 토하듯 외쳤다. 가슴에 극통이 일었다.

"…존… 명!"

풍천이 가까스로 대답했다. 검을 검집에 넣고, 관산선생과 귀문방주를 향해 말했다.

"너희 둘! 여기선 죽이지 않겠다. 너희가 이곳에 있는 것을 행운으로 알아야 할 것이다."

관산선생과 귀문방주가 공격을 대비해 취했던 자세를 풀었다. 두 사람의 얼굴로 언뜻 안도의 빛이 나타났다.

그때였다.

"이놈! 목을 늘어뜨려라!"

한소리 호통과 함께 일곱 개의 그림자가 하늘을 뒤덮으며 풍천을 향해 짓쳐들었다.

무산칠귀였다.

풍천이 바로 솟구쳤다.

제일 앞서 날아오던 무상귀가 독문 병기인 낫으로 풍천의 머리를 내리찍었다.

스윽!

풍천이 낫을 옆으로 흘렸다.

무상귀는 예상했다는 듯 낫을 돌려 순식간에 열두 번을 휘둘렀다. 낫이 지나간 허공에 빛무리가 촘촘히 잔상을 남겼다.

핑그르르.

풍천의 신형이 허공에서 선회하며 낫의 공세를 벗어났다. 그러나 그곳은 무산칠귀의 둘째 통천귀의 날카로운 예도가 기다리고 있었다.

일격에 허리를 베려는 듯 도가 막 뿌려지려고 했다. 풍천의 신형이 급격히 움직여 통천귀의 품에 안겨들었다. 도의 참격 범위 안쪽이었다.

통천귀가 미처 대응하기도 전에 풍천이 통천귀의 목을 움켜쥐었다.

뚜드득!

"끄악!"

통천귀의 모가지가 백팔십도로 돌아갔다. 그 충격적인 참상에 나머지 무산칠귀가 어찌할 바를 모르고 주춤거렸다.

풍천은 통천귀의 뒷덜미를 움켜쥔 채로 방패를 삼고 무상귀를 향해 짓쳐들었다.

무상귀의 안색이 하얗게 질려 버렸다. 다가오는 가공할 속도도 속도지만 아우의 몸을 낫으로 찍을 순 없는 노릇이었다.

무상귀가 머뭇거리는 틈을 타 풍천이 통천귀를 무상귀를 향해 던졌다. 슝, 소리가 날 정도로 날아간 통천귀를 무상귀가 받아 들었다.

그 순간, 풍천이 회오리처럼 신법을 회전하며 무상귀의 등 뒤에서 모가지를 잡고 돌렸다.

뚜드득!

"꺼어억!"

어디에서도 쉽게 들을 수 없는 경쾌한 뼈 부딪치는 소리와 비명이었다.

통천귀에 이어 무상귀까지 속절없이 모가지가 돌아가 바닥에 드러눕자, 그다음은 문제될 것도 없었다.

추혼귀, 백발귀, 흑면귀의 목이 차례로 돌아갔다.

다섯을 처리하는 동안 풍천은 허공을 날 때면 마치 땅을 밟듯하기도 하고, 허공에 벽이 있는 듯 공간을 치고 역회전하기도 하며 현란한 신법을 유감없이 드러냈다.

녹림왕과 녹림의 고수들이 입을 쩍 벌렸다.

흑룡방을 쓸어버린 일로 풍천의 무위에 대해 절대적인 두려움을 가지고 있었으나 직접 목격한 것은 오늘이 처음이었다. 흑룡방주가 십 초 만에 등을 돌리고 도주하다 목이 잘렸다는 것도 그저 보고를 통해서 들었을 뿐이다.

도끼로 찍어도 소용없고, 독도 통하지 않는 괴물이란 것은 알고 있었지만 오늘 이 하루 관산선생과 귀문방주, 그리고 무산칠귀를 통해 보여준 풍천의 무위는 실로 무시무시한 것이었다.

녹림왕부터 모두가 무슨 일이 있어도 비위를 건드려선 안 되겠다며 마음속 깊이 다짐을 새겨 넣었다.

그런 생각은 관산선생과 귀문방주도 다르지 않았다.

그들은 서로의 얼굴을 마주 보며 동시에 입을 벙긋거렸다.

"무산칠귀를!"

도대체 어디서 이런 괴물이 튀어나온 것이란 말인가.

두 사람은 무산칠귀를 알고 있었다. 솔직히 무산칠귀 전체라면 인정하고 싶지 않았지만 첫째 무상귀와 둘째 통천귀라면 평가가 달랐다. 그 둘은 결코 저리도 쉽게 모가지가 돌아가도록 방치할 위인들이 아니었다. 자신들이 무상귀나 통천귀의 입장에 처했더라도 결과는 크게 다를 것 같지 않았기에 두 사람의 놀라움은 이루 말로 할 수 없을 정도였다.

그러나 놀라움으로만 따지자면 후미에 처져 기회를 엿보던 여섯째 호목귀와 일곱째 고목귀를 따를 자는 아무도 없었다.

그들은 대형과 둘째 형님이 얼마나 대단한지 누구보다 잘 알고 있었다. 함께 무산칠귀로 싸잡아 불리긴 해도 무공의 간극은 큰 차이가 있었다.

그런데 그런 의형들이 바닥에 고꾸라져 모가지를 붙들고 수명이 다해가는 지렁이마냥 꿈틀대고 있으니 호목귀와 고목귀는 정신이 나가 버리기 직전이었다.

"쯧쯧… 이 새끼들아, 녹림왕께서 존대를 한 것을 들었으면 뭔가가 있으려니 하고 몸조심을 했어야지. 그래도 목숨은 건지게 생겼으니 운 하나는 좋은 놈들이네."

손약란이 안타까움인지 조롱인지 헛갈리는 말을 하며 연신 혀를 찼다.

뚜드득, 뚜득.

"컥!"

"케윽!"

손약란의 말을 다시 입증하기라도 하듯 풍천이 시원하게 호목귀와 고목귀의 목을 돌려놓았다.

풍천이 무산칠귀를 지그시 내려다봤다.

검의 손잡이를 쥐었다 놓았다 했다. 누가 보더라도 그냥 두 눈 딱 감고 죽여 버릴까 하는 망설임이 역력히 드러났다.

그러나 등 뒤에서 도유강의 신음 소리가 옅게 들리자, 한 명씩 외곽 쪽으로 집어던졌다.

척!

무상귀가 제일 아래, 그 몸 위로 척 하고 통천귀가, 다시 그 위로 추혼귀 식으로 일곱이 차곡차곡 쌀가마니마냥 쌓였다.

배를 아래로 두고 있었지만 목이 돌아간 탓에 얼굴은 모두 하늘을 향하고 있었다.

풍천이 관산선생과 귀문방주를 돌아봤다.

'그래도 귀찮게 할 생각이냐?' 는 말을 하고 싶은 것 같았다.

귀문방주가 입을 열었다.

"한 가지만 약속해 주게. 와선을 죽이지 않겠다고 말이네."

눈을 똑바로 쳐다보긴 했으나 더 이상 끼어들 의욕은 어디에도 보이지 않았다.

풍천이 버럭 소리를 질렀다.

"주군의 말씀을 따라 하지 마라!"

귀문방주는 물론이고 관산선생까지 움찔 목을 움츠렸다.

풍천이 와선에게 다가가 목을 틀어쥐었다.

마혈이 제압당한 와선이 손을 관자놀이 부근에 댄 채로 웃음을 터뜨렸다.

"흐흐흐… 대단하군, 대단해. 감탄했네!"

풍천이 달갑지 않다는 듯 눈을 지그시 감았다 떴다.

와선이 감탄했다고 말했지만 도유강은 도유강대로 와선을 향해 감탄하고 있었다. 아니, 그것은 와선뿐 아니라 무림인이라는 자들 자체에 대한 감탄이었다. 그들은 진정 감탄스러운 존재들이었다. 마교야 태생적으로 그러려니 한다지만 손약란도 겁을 어디다 맡겨놓고 다니듯 하더니, 와선도 죽음 따윈 팽개치고 다니는 부류였다.

손약란이 와선의 감탄에 화답했다.

"영감도 그렇게 생각했구나? 호호호호!"

와선의 얼굴이 와락 일그러지며 소리를 쫓았다.

손약란이 '여기요, 여기'라는 듯 와선을 향해 왼손을 흔들었다.

그녀는 어느새 쌀가마니처럼 쌓인 무산칠귀 곁에 쭈그리고 앉아 오른손에 든 나뭇가지로 무상귀와 통천귀의 머리를 툭툭 치고 있었다.

"나도 여러 번 모가지가 돌아가 봐서 아는데 이게 정말 신기해. 죽을 것처럼 보이는데 안 죽거든. 호호호호, 이제 어쩌나. 영감도 모가지가 돌아가게 생겼는데 말이야."

녹림왕이 불통이 자칫 딸에게 튈까 봐 황급히 달려가 손약란의 손을 잡아끌었다.

하지만 풍천의 관심사는 오직 와선이었다. 함께 동행할 때부터 손약란을 제정신이 아닌 것으로 취급하던 풍천이다.

풍천이 말했다.

"와선, 치료하라!"

"안 되지. 안 될 말이야. 난 살 만큼 살았으니 미련이 없다네. 다리를 자르든 간을 빼내든 아니면 내장을 꺼내 목을 조르든 알아서 하게나."

"흠."

풍천이 목을 붙잡은 손을 풀었다.

볼이 실룩였다. 다문 입 안쪽에서 이를 악무는 것 같았다.

와선은 죽음을 예감했다.

녹림왕도, 귀문방주와 관산선생도, 등 뒤의 도유강도, 심지어 모가지가 돌아간 무산칠귀도 와선의 죽음을 예감했다.

와선의 생사 여부에 따라 운명이 달라질 이들의 마음이 격하게 흔들렸다.

죽는다!

녹림왕이 막 튀어나가려 했고, 귀문방주와 관산선생도 손을 쓰려 했다.

그 순간,

"정중히 부탁드리오."

풍천이 머리를 숙였다.

튀어나가려던 이들이 멈칫 신형을 세웠다. 들어 올린 손으로 머리를 쓰다듬거나 내민 발로는 돌을 차는 시늉을 했다.

도유강은 두 눈이 동그래졌다. 잠시지만 고통도 느껴지지 않을 지경이었다.

풍천이 누구인가? 풍천이 누구에게 고개를 숙이리라고는 상상조차 해본 적이 없었다. 풍천의 삶에 각인된 행동 요령엔 아버지와 자신 외에 누구에게도 고개를 숙이는 것은 입력되어 있지 않았다. 뇌 속에 그런 것이 없는 인간인 것이다. 대신 '눈깔아!' 나, '무릎 꿇어!' 만이 존재하는 것이다.

현 마교 교주로 등극한 소면만군을 대면한다고 해도 같잖다는 듯 비웃음을 지을 풍천이었다. 그런 풍천이 오직 자신을 구하겠다는 일념으로 스스로의 정체성을 깨부수고 머리를 숙였다. 도유강은 괜히 마음 한편이 찡해졌다.

놀라긴 손약란도 마찬가지였다.

그녀는 느긋이 팔짱을 끼고 있다가 순간 두 눈을 부릅떴다. 그동안 짧다면 짧고 길다면 긴 시간을 함께한 그녀이다. 그녀가 아는 한 이것은 그야말로 파격이었다.

풍천이란 인간은 오직 '주군' 이라는 존재 외에는 모두 하찮은 존재로 여긴다. 그 외의 누구에게라도 머리를 조아린다면 그건 누군가 풍천의 인피면구를 쓰고 행세를 하는 것이라고밖에는 설명할 수 없는 것이다.

그런 풍천이건만!

손약란은 자신도 모르게 그만 눈물을 흘렸다.

"너 왜 울어?"

녹림왕이 낮고 빠르게 물었다.

손약란이 소맷자락으로 눈물을 훔쳤다.

"저 새끼가 고개를 숙였잖아. 원래 저런 놈이 아닌데 말이야. 아버지는 왜 안 울어?"

"흠."

녹림왕은 괜히 말을 걸었다고 후회하며 와선 쪽을 바라봤다.

와선이 눈을 가늘게 떴다.

풍천은 여전히 숙인 고개를 들지 않고 있었다.

"이러면 재미없지 않나."

와선이 소리없이 한숨을 내쉬며 이제 어둠이 내려앉기 시작하는 하늘을 올려다봤다. 그가 말했다.

"누구에게나 소중한 사람이 있게 마련이지. 자네에겐 등 뒤의 젊은이가 세상 무엇보다 소중할 테지. 하지만 말이네. 내게도 소중한 것이 있다는 것을 알아주었으면 좋겠네. 맹세는 돌이킬 수 없으니 그냥 날 죽이게. 미안하네."

묘한 상황이었다.

죽음을 맞이할 사람이 죽이는 자에게 미안하다는 말을 하고 있었다.

하지만 지금까지 흘러온 분위기 탓에 와선의 미안하다는 말이 황당하기보다는 당연하게 느껴졌다.

풍천이 잠시 후 머리를 들었다.

"주군."

고개를 살짝 돌린 채로 풍천이 말했다.

도유강은 말을 할 수 있는 상태가 아니었다. 버럭 고함을 내지를 때 힘이란 힘은 다 써버린 상태였다.

"고문을 해야 할 것 같습니다. 이해해 주십시오."

풍천의 말투는 마치 잠깐 산보를 다녀오겠노라는 말처럼 담담했다.

풍천이 와선을 바라봤다.

"기회를 잃었군. 주군께서 목숨을 살려두라 하시니 죽이진 않으마. 네가 고문에 얼마나 버틸 수 있을지 보는 것도 흥미롭겠군."

와선이 옅게 미소를 띠었다.

그때 녹림왕이 날듯이 달려왔다.

"어찌 이런 하찮은 자에게 직접 손을 쓰려 하십니까? 제게 반 시진을 주신다면 무슨 일이 있어도 해독약을 만들어내도록 하겠습니다."

"반 시진?"

풍천이 반문했다.

"그렇습니다. 이제껏 녹림의 고문술에 굴복하지 않은 자는 없었습니다. 고문에 있어서는 마교조차 녹림과 비할 수 없을 것입니다."

"후후후, 비교 대상이 거슬리는군."

"그만큼 자신있다는 말씀을 드리고자 한 것입니다."

"좋다."

풍천이 허락했다.

녹림왕이 화색을 발하며 와선을 덥석 안았다. 막 걸음을 옮기려 할 때, 풍천이 녹림왕의 뒤통수에 대고 말했다.

"반 시진이 지나도 달라진 것이 없다면… 녹림도 없다."

"존명!"

녹림왕이 크게 외쳤다.

第五章
녹림의 신기막측 고문술

전전
 증증
마교교주

철컥.

쾅!

녹림왕은 오십여 장 너머에 자리한 모옥으로 들어갔다. 그 뒤를 녹림의 수뇌가 따라 들어와 문을 굳건히 닫았다.

문이 닫히자마자 손약란이 따지듯 물었다.

"아버지! 왜 그랬어? 노망들었어? 이 늙은이에게 고문이 통할 것 같아?"

은염교와 공추상, 십령주, 각 대주들이 걱정스러운 눈빛으로 녹림왕을 바라봤다. 손약란의 말은 정확히 그들이 하고 싶은 말이었다.

그들이 아는 한 녹림에 특별한 고문 기술 따윈 없었다.

그냥 패고, 뼈를 부러뜨리고, 피가 나도록 팬 다음 상처에 소금을 뿌려대는 식이었다.

녹림왕의 말은 사실이 아니었다. 이제껏 녹림의 고문술에 굴복하지 않은 자는 상당히 많았다. 그 정도까지 되면 고문하는 놈도 화가 나서 씩씩거리며 죽여 버리는 것으로 결론을 맺곤 했다.

"쉿!"

녹림왕이 검지를 세워 입에 댔다.

그때 웃음이 터져 나왔다.

"하하하, 그냥 쉽게 죽도록 하진 않는군."

와선이었다. 그의 웃음은 꾸며댄 것이 아니었다. 그는 어떤 고문이라도 기꺼이 받아들일 준비가 되어 있고, 그것이 설레기까지 한다는 표정을 짓고 있었다.

퍼억!

녹림왕이 발로 와선의 가슴팍을 내질렀다.

"욱!"

쿵!

와선의 몸이 벽에 부딪쳤다가 바닥을 굴렀다.

그 상태에서 다시금 녹림왕의 발이 날았다.

퍼퍼퍽!

와선은 마혈이 제압당한 그 형상 그대로 벽으로 계속 밀려났다.

녹림왕의 곁으로 은염교가 조심스럽게 다가갔다.

"저, 저기, 총표파자님, 불에 달군 인두로라도 지지시는 편이 낫지 않을는지요."

발길질 따위로 될 일이 아니었다. 다른 이들도 비슷한 조언을 하고 싶어 입술을 벌름거렸다.

녹림왕은 신경 쓰지 않고 엎드린 자세가 된 와선의 옆구리를 걷어차기에 바빴다.

퍼억!

"크윽!"

와선은 비명과 함께 다시 벽에 착 달라붙게 되었다.

퍼억! 퍼억!

녹림왕은 발을 쉬지 않고 놀려 와선을 걷어찼다. 벽에 몰린 채로 와선은 고통스러운 비명을 질러댔다.

그러나 녹림도들은 도무지 이 상황을 이해할 수가 없었다. 왜 손톱을 뽑지 않는지, 어금니를 뽑고 빈 잇몸에 못을 박아 넣지 않는지, 비록 한 번도 해본 적이 없지만 사태가 사태인 만큼 눈알 한쪽을 뽑아 그 자리에서 아작아작 씹어 먹지 않는지 모를 일이었다.

"좋아, 좋아. 이제 슬슬 맹세 따위 깰 마음의 준비가 되는 모양이로군."

녹림왕이 크게 외쳤다.

혼자 헛것을 보고, 딴 세상에서 살고 싶은 사람 같았다.

"아버지, 그렇게 패서는 반 시진으로는 부족하다니까!"

손약란이 책망했다.

녹림의 신기막측 고문술

그녀는 가만있으면 안 되겠다고 생각했는지 훌쩍 뛰어 곁에 내려섰다.

부웅!

바람 소리를 일으키며 손약란이 와선의 머리를 향해 발길을 날렸다.

녹림왕이 질겁해서 와선의 몸을 급히 잡아당겼다.

퍽!

손약란의 발이 방금까지 와선의 머리가 있던 지점의 나무벽을 뚫고 들어갔다. 머리를 맞았다면 뇌수가 터지며 즉사해 버리고 말았을 정도로 위력적인 발길질이었다.

"뭐여?"

손약란이 발목까지 낀 채로 따졌다.

녹림왕이 발로 툭 하고 와선의 가슴께를 건드렸다. 와선의 눈이 스르르 감겼다. 혼혈을 찍었기 때문이다.

"흐흐, 와선! 잠시 생각할 시간을 주도록 하지."

또다시 엉뚱한 소리를 한 뒤, 녹림왕이 손짓으로 수하들을 불러 모았다.

머리를 맞댈 정도로 가까이 모였다.

녹림왕이 품에서 손가락 굵기만 한 목갑을 꺼냈다.

모두가 녹림왕과 목갑을 번갈아보면서 얼굴 가득 의문 부호를 떠올렸다.

녹림왕이 나직이 말했다.

"해독약이다."

바로 반응이 터졌다.
"히익!"
"헉!"
"흡!"
모두들 경악성을 억누르기에 바빴다. 낯빛도 새하얗게 질려 버리고 말았다.
"쉿!"
녹림왕이 다시 손가락을 입에 댔다.
그러자 모두들 행동 전염병처럼 손가락을 일제히 입에 가져다 댔다.
"아버지, 그날 버리지 않았어요?"
"버리려고 했는데… 아까워서 그냥 묻어뒀지. 혹시 쓸 일이 있을지도 모른다 싶었다."
"그걸 왜 이제 말해. 괜히 마음만 졸였잖아."
"너희 중 누굴 믿고 내가 미리 말을 할 수 있었겠냐!"
녹림왕의 말에 녹림 수뇌들이 머쓱하게 웃었다.
손약란이 말했다.
"그럼 떠나기 전 어디 갔다 온 것이 해독약을 챙겨오려고 했던 것이구나?"
녹림왕이 고개를 끄덕였다.
손약란이 엄지를 추켜세웠다.
"오호, 천잰데?"
"제발 그 말버릇 좀 고쳐라."

그때 은염교가 떨리는 음성으로 끼어들었다.

"총표파자님, 이게 우리 손에 있다는 게 들키는 날엔 다 죽습니다."

순간 모두의 눈이 은염교를 향했다.

하나같이 눈동자마다 '이런 병신'이란 빛깔로 경멸에 차 있었다.

"왜? 왜들……."

은염교는 왜 충언을 이해하지 못하는지 알 수 없었다.

녹림왕이 후, 하고 숨을 내쉰 뒤 말했다.

"은염교! 넌 나중에 보자. 총채에 가게 되면 아주 죽여 버리겠다."

은염교가 몸을 부들부들 떨었다.

은염교를 제외하곤 모두들 이 상황이 의미하는 바를 명확히 깨닫고 있었다.

해독약을 만든 것은 와선이다.

극심한 고문을 와선은 견디지 못했다.

비몽사몽간에 해독약을 만들어낸다.

그 뒤의 상황이야 어떻게 되든 녹림이 상관할 바는 없었다.

모두는 녹림왕이 와선이 죽음의 위기에 처했을 때 왜 튀어나가려 했는지, 왜 느닷없이 고문을 하겠다고 나섰는지를 깨닫게 되었다. 역시 녹림의 왕이라는 칭호를 받기에 부족함이 없었다.

"총표파자님!"

공추상이었다.

녹림왕이 턱을 슬쩍 들며 대답을 기다렸다.

"와선이 너무 쉽게 해독약을 만들어내면 풍천이 자칫 의심할 수도 있습니다."

녹림왕이 고개를 끄덕였다.

좋은 의견이었다. 대신 와선인 척하며 신음 소리를 낼 사람이 필요했다. 순간 모두의 시선이 은염교를 향했다.

당첨! 결정은 빨랐다.

녹림왕이 말했다.

"약란, 네가 은염교를 패라. 은염교, 너는 잠시 동안 와선신의다."

은염교는 십령주 중 수석령주이고, 녹림 서열 삼위인만큼 다른 십령주나 공추상이 패기엔 후환을 염려해야 했다. 하지만 손약란이라면 달랐다. 손약란은 녹림왕이 수염까지 마음대로 뽑을 정도이고, 녹림의 누구라도 패도 이의를 제기할 사람은 아무도 없는 것이다.

손약란이 즉시 실행에 옮겼다.

은염교도 아주 바보는 아닌지라 비로소 돌아가는 사정을 이해하고 충실히 비명을 내질렀다. 물론 손약란이 손속에 사정을 둔 것이 아니어서 비명을 억지로 지를 필요가 없이 저절로 터져 나왔다.

그사이 녹림의 수뇌들은 방 안을 온통 헤집어놓으며 꽤나 소란을 피운 흔적을 만들어냈다.

약속한 반 시진은 아직 남아 있었다.

공추상이 구석에서 빈 옥병을 하나 들고 녹림왕에게 내밀었다.

"약병을 바꾸는 것이 좋겠습니다."

녹림왕이 고개를 끄덕이고, 해독약을 옥병에 채웠다.

이제 남은 건 시간이 가기만 기다리면 끝이었다.

너무 빨라도 안 되고, 또 너무 늦어도 곤란했다. 녹림왕은 팔짱을 끼고 손약란이 은염교를 짓밟아대는 광경을 느긋하게 감상했다.

녹림의 수뇌들도 진지한 눈으로 '파괴' 되어 가는 은염교를 보며 자신들이 와선의 대리로 당첨되지 않은 것을 다행이라며 가슴을 쓸어내렸다.

손약란은 똑똑하게도 배와 가슴, 옆구리를 집중적으로 타격하고 있었다. 옷만 잘 여민다면 멀쩡해 보일 터다. 그러나 손 속에 사정을 두지 않아 외나무다리에서 만난 원수 대하듯 무자비하기 이를 데 없었다.

"아가씨께서 맺힌 게 많나 봅니다."

공추상이 속삭이듯 녹림왕에게 말했다.

녹림왕이 인상을 찡그렸다.

문득 손약란이 똥까지 쌌다는 말이 생각났다.

"풍천이랑 애송이랑 있으면서 고생을 많이 한 게야."

반 시진이 거의 임박하자, 녹림왕이 자리에서 일어났다.

손약란도 발길질을 멈췄다. 은염교가 신음을 억누르며 바닥을 박박 기다 간신히 일어섰다.

잠시 시간 차를 두고 녹림왕이 화통하게 웃음을 터뜨렸다.

"하하하하! 화홍독이었군. 제아무리 화홍독이라지만 역시 그대는 신의라는 말이 아깝지 않은 사람이었다. 비록 녹림의 심오막측한 고문술이 사용하게 되어 유감이나 그대가 고문에 굴복했다기보단 결국 사람의 목숨이 귀하다는 것을 깨달은 것에 경의를 표하는 바이다. 분명 생명을 중히 여긴 만큼 하늘도 기뻐할 것이다. 고맙다, 와선. 몸이 고단할 테니 내 혼혈을 짚어 편히 쉬게 해주마."

밖에서도 넉넉히 들릴 수 있을 정도의 성량을 발휘했다.

녹림왕이 문을 박차고 나갔다. 녹림 수뇌가 우르르 그 뒤를 따랐다.

풍천이 날듯이 달려왔다.

"정말이냐?"

녹림왕이 해독약이 담긴 옥병을 내밀었다.

"여기 해독약입니다. 와선은 역시 명불허전이었습니다."

어느새 귀문방주와 관산선생도 달려왔다.

"와선이 해독약을 만들었단 말이오?"

도저히 믿기지 않는다는 표정들이었다. 그럴 수밖에 없는 것이, 귀문방주와 관산선생은 거의 보름 정도를 와선에게 매달리며 통사정을 해왔기 때문이다.

녹림왕이 거만하게 말했다.

"흥, 귀문방주, 관산선생, 그대들이 감히 녹림의 힘을 업신 여기는 것인가?"

 귀문방주와 관산선생의 얼굴이 화사하게 피어났다.

 와선의 맹세가 깨졌다. 견고한 둑이 무너진 것이다. 무엇이든 처음이 힘들지, 그다음은 문제될 것이 없었다. 비록 눈앞에서 녹림왕이 험상궂은 얼굴로 으스대고 있지만 그 모습조차 귀엽게 보일 지경이었다. 박수라도 치며 더해보라고 격려를 해주고 싶었다.

 도유강도 풍천의 등 뒤에서 안도의 한숨을 내쉬었다.

 녹림왕이 외치는 소리를 들었을 때만 해도 환청인가 싶었다. 하지만 사실이었다. 풍천의 몸이 격정으로 미미하게 떨리는 것이 느껴졌으니까.

 풍천이 포대를 풀었다. 도유강은 비로소 땅에 내려앉게 되었다. 힘겹게 가부좌를 틀자 풍천이 그 앞에 무릎을 꿇고 앉았다.

 "천세 천세 만만세! 만세 만세 만만세! 주군이시여! 영원한 권세를 누리소서!"

 풍천이 두 손으로 옥병을 내밀었다.

 녹림왕 등은 이제 면역이 되어 그러려니 했지만 귀문방주와 관산선생의 얼굴이 뚱해져 서로를 바라봤다.

 '대체 누굽니까?' 라는 말을 하고 싶은 것 같았다.

 도유강이 힘겹게 옥병을 들어 입 안에 부었다.

 쓰면서도 시큼한 맛, 총체적으로는 괴상한 맛이었다.

 인상을 찡그리며 지그시 잠시 눈을 감고 있을 때였다.

"역시 와선입니다."

풍천이 감탄했다.

도유강의 검붉은 안색이 눈에 띄게 옅어지고 있었다.

도유강도 느낄 수 있었다. 절로 미소가 떠올랐다. 몸의 기운은 아직 돌아오지 않았지만 혈관을 쥐어짜는 듯한 압박감이 소멸되어 가는 것이 느껴졌다.

"너흰 호법을 서라. 약효가 빨리 돌도록 주군의 진기도인을 돕겠다."

풍천의 말이 떨어지기가 무섭게 녹림왕을 비롯한 녹림의 수뇌들이 바람막이처럼 빙 둘러섰다. 둥그런 원에는 녹림도뿐 아니라 관산선생과 귀문방주도 작은 성의를 보이기 위해 한자리를 차지했다.

풍천이 내공을 불어넣으며 기혈의 움직임을 조절하기 시작했다.

도유강은 항독작용이 빠르게 진행되며, 이내 기운이 모이는 것을 느낄 수 있었다. 독에 중독된 후 곧바로 마교 영단을 복용하였고, 풍천의 내기로 심장이 보호받고 있었던지라 약효는 더욱더 힘을 받은 것이다.

도유강으로서는 살아났다는 것을 실감할 수 있었다.

일다경 정도가 지났을까.

"쿨럭!"

도유강이 검붉은 피를 와락 토해냈다. 엉킨 울혈이 피와 함께 배출된 것이다. 흩어졌던 기운이 단전에 모이고, 사물을 바라봄이 명료해졌다.

풍천이 명문혈에 대고 있던 손을 떼며 물었다.

"주군, 어떠신지요?"

"이제 괜찮다."

도유강이 자리에서 일어섰다.

꼬르륵.

배가 진동했다. 사건 발생 후 지금까지 제대로 식사를 못한 것이다.

풍천이 녹림도들을 향해 말했다.

"산채로 돌아간다. 주군, 업히십시오."

도유강이 고개를 저었다.

"내 스스로 가겠다."

업혀가는 건 이제 질리도록 해봤다. 다 큰 지금까지 유모에게 길러지는 것도 아니고 몸도 회복한 지금 다시 꼴사나운 모습을 보이고 싶지 않았다.

도유강이 보란 듯이 걸음을 뗐다.

순간 머리가 핑 돌았다.

휘청~

도유강이 다리가 꼬이며 비틀거리자, 풍천이 재빨리 손을 뻗어 부축했다.

"아직 무리십니다. 적어도 열흘은 요양을 하셔야 합니다."

풍천이 허락도 구하지 않고 도유강을 등에 업었다.

촤악, 촤악, 촤악!

절대 풀리지 않게 강하게 여민 풍천이 신형을 날리고, 그 뒤를 녹림이 따랐다.
 동굴의 굴곡을 빠르게 지나 풍천이 신형을 날려 폭포를 관통했다.
 쏴아아아!
 도유강은 포대에 묶인 채로 다시 물벼락을 뒤집어썼다.

      *   *   *

 모옥 안은 호롱불이 일렁이고 있었다.
 귀문방주가 와선을 석상처럼 붙들고 와선의 등 뒤에 선 채로 관산선생이 손을 내밀고 있었다. 관산선생이 머리 위로 수증기가 뿜어져 나왔다.
 잠시 후 관산선생이 손을 뗐다.
 "휴우, 지독하구려."
 "관산선생, 잠시 쉬시오. 내가 해보겠소."
 풍천에게 당한 마혈을 해제하려고 애쓴 지 한 시진이 넘어가고 있었다. 도대체 어떤 수법인지, 온갖 해혈 방법을 동원해도 소용이 없자 억지로 내력을 불어넣어 막힌 혈도를 풀어보려고 했지만 그마저도 쉽지 않았다.
 그렇게 두 사람이 번갈아가며 애쓴 끝에 와선의 혈도가 풀렸다. 와선을 눕혀 놓은 다음 녹림왕이 짚어놓은 혼혈을 해제하는 것은 어렵지 않았다.

찰싹찰싹.
와선의 뺨을 관산선생이 어르듯 두드렸다.
와선이 천천히 꿈틀거렸다.
"와선, 정신이 드시오?"
그 옆에서 귀문방주도 초롱초롱한 눈으로 와선을 바라보고 있었다.
"으으음."
와선이 옅은 신음을 흘리며 몽롱한 눈을 떴다 감았다 했다. 상체를 일으키려하자 얼른 관산선생과 귀문방주가 부축해 앉을 수 있도록 부축했다.
"와선, 진정 잘하셨소. 훌륭한 결정이었소."
관산선생이 말했다.
"본 방주도 실로 감탄했소. 하늘이 당신에게 신의 손을 주신 것은 마땅히 베풀라는 뜻이 아니었겠소. 옳은 일을 하신 겁니다."
귀문방주도 흐뭇하게 미소를 머금었다.
와선이 미간을 좁히고 두 사람을 바라봤다.
"당신들 두 사람은 지금 무슨 소리를 하는 것이오?"
관산선생과 귀문방주가 멈칫했다.
그러나 그것도 잠시였다. 두 사람은 거의 동시에 웃음을 터뜨렸다.
"하하하하!"
"하하하하!"

귀문방주가 말했다.

"멋쩍어하실 필요 없소이다. 우리 두 사람, 입이 무거운 사람이외다. 그렇지 않소이까, 관산선생?"

"물론이지요. 와선께서 고문을 이기지 못하고 결국 맹세를 깨뜨렸다는 것을 내 어찌 떠벌리고 다닐 수 있겠소."

다양한 의미를 함축적으로 담고 있는 말이었다.

와선! 네놈이 기세 좋게 맹세를 외쳐 댔지만 결국 녹림의 고문을 이기지 못하지 않았느냐는 비난과 만약 치료를 거부한다면 천하 곳곳에 소문을 다 퍼뜨리고 말 것이라는 협박이었다.

와선이 눈을 동그랗게 떴다.

"내가 말이오? 설마 지금 내가 그 청년을 치료했다는 말을 하는 것이오?"

두 사람이 어깨를 으쓱했다. 미소도 살짝 머금었다. 우리끼리 너무 그러지 말자는 의미가 물씬 풍겨났다.

"흥, 말도 안 되는 소리! 난 그저 기절해 있었을 뿐이오."

와선이 코웃음을 쳤다.

"오호, 역시 와선답구려. 기절한 상태에서도 병을 고치셨으니 실로 이 귀문방주는 탄복하지 않을 수 없소이다."

"그렇지요. 달리 와선이요, 신의입니까? 눈을 감아도, 잠이 든 상태에서도 와선신의라면 고치지 못할 병이 세상 어디에 있겠습니까?"

관산선생도 너스레를 떨었다.

두 사람이 앞서거니 뒤서거니 하면서 태연히 말하고 있다.

와선은 멍해져서 머리가 어떻게 되어버릴 것 같았다.

"두 분, 모두 왜 말도 안 되는 억측을 늘어놓는 것이오! 이 와선이 하찮은 농지거리에 홀려 맹세를 깨뜨릴 것이라 생각하는 것이오!"

목이 터져라 고함을 내질렀다.

관산선생도 그에 맞서 소리를 질렀다.

"와선, 그만하시오. 그럼 그 청년이 어떻게 해독이 될 수 있었단 것이오? 우리 모두 그 청년의 상태가 당장에라도 죽어도 이상할 것이 없다는 것을 보지 않았소이까! 녹림왕의 말도 또렷이 기억이 나오. 화홍독이라고 하였소. 화홍독이 누구나 해독할 수 있는 하찮은 것이란 말은 마시고, 장난이라면 와선께서 그만하시는 것이 좋겠소!"

귀문방주가 관산선생의 어깨에 손을 올렸다. 그만 진정하라는 의미였다. 관산선생이 입을 앙다물고 분을 삭였다.

귀문방주가 나섰다. 부드러운 목소리였다.

"와선, 우린 거짓말을 하는 것이 아니오. 오늘 들이닥친 그 자를 생각해 보시오. 녹림왕이 고분고분 존댓말을 하고, 촌구석에서 장작이나 팰 것 같던 이상한 자 말이오. 그가 주군이라 모시는 그 청년이 낫지도 않았는데 그자가 그냥 떠날 사람으로 보였소이까? 그는 지금 떠났소. 완치된 걸 우리 눈으로 똑똑히 보았단 말이외다."

와선은 답답함이 극에 달해 심장이 터져 버릴 것 같았다.

이들은 분명 억측을 늘어놓고 있었다. 하지만 또 억측이라고만 우기기가 난처했다. 비록 진맥은 해보지 않았지만 그가 볼 때도 중독 상태가 심각한 단계였다.

게다가 화홍독이라니! 화홍독은 중독 후 아무리 대단한 자라도 이틀이 한계였다. 특별한 영단이나 내가고수의 도움을 받는다면 하루나 이틀 정도는 더 버틸 수 있을지 모른다. 그런데 화홍독이 해독되고 그 무지막지한 자가 청년과 함께 떠났다니······.

와선은 두 팔로 머리를 감싸 쥐고 고개를 저어댔다.

"아니야. 이건 말이 되지 않아."

그렇게 혼잣말을 마칠 때였다. 순간 와선은 번쩍 한 생각이 섬광처럼 떠올랐다.

와선이 입꼬리를 말아 올리며 웃었다.

"하아! 알겠군, 알겠어. 장난은 여기까지 합시다."

귀문방주와 관산선생이 영문을 몰라 고개를 갸웃했다.

"누구의 계책이오?"

와선이 물었다.

"계책?"

"그렇소. 모두가 작당을 하고 일을 꾸미다니. 내가 비몽사몽간에 맹세를 깨고 치료했으니 이제 모두를 치료해야 한다? 하하하, 너무 어설프단 생각이 들지 않소? 그 청년은 어디에 숨어 있는 것이오? 이런 하찮은 술수로 노부를 속이려 하다니, 개수작이 따로 없군."

관산선생과 귀문방주가 서로를 바라봤다.

관산선생이 말했다.

"와선……."

와선이 물끄러미 올려다봤다. 관산선생이 고개를 저었다.

"그들은 떠났소."

귀문방주도 말을 보탰다.

"와선, 당신 말대로요. 내가 중원 제일 방파를 다투고 있는 귀문방의 방주요. 그리고 내 옆에는 모산 홍가의 가주인 관산선생이라오. 크게 자부할 것까지 없다 하더라도 나와 관산선생 강호에 도의를 아는 사람이오. 우리가 정녕 그런 하찮은 술수를 부릴 사람으로 보이오?"

와선의 얼굴이 딱딱하게 굳어버렸다. 거짓말이 아니라는 것을 알 수 있었다.

"난… 난… 맹세할 수 있소. 결코 치료한 적이 없소."

관선선생과 귀문방주의 얼굴에 그늘이 졌다.

"와선, 웃으면서 이야기하면 통하지 않은 사람이었던 게요? 녹림왕이 고문에 일가견이 있는 듯하나 우리도 그에 못지않다는 것을 보여야겠소?"

분위기가 급격히 변했다.

그때였다.

쾅!

모옥의 문짝이 통째로 날아갔다.

"와선인가 뭔가 하는 놈이 누구냐?"

관산선생과 귀문방주, 그리고 와선이 소리를 쫓았다.

"응?"

느닷없는 불청객을 보며 관산선생과 귀문방주가 동시에 고개를 갸웃했다. 어린아이가 치기 어린 표정으로 서 있었다. 꽤 귀엽기까지 해 볼이라도 꼬집어주고 싶을 정도였다.

그러나 와선의 얼굴은 와락 일그러졌다.

어린아이지만 어린아이가 아닌 자! 이미 한번 만난 적이 있고, 그때 충분히 신법의 표홀함에 내심 놀라움을 금치 못했었다.

귀문방주와 관산선생이 와선신의와 어린아이를 번갈아 바라봤다.

와선의 표정을 보건대 안면이 있는 것 같았다. 문을 단번에 부순 것이야 그렇다 쳐도, 문을 부수기 전까지 전혀 기척을 느끼지 못했다는 점에서 두 사람은 상대가 눈에 보이는 모습이 전부가 아닐 것이라 생각했다.

귀문방주와 관산선생은 만반의 준비를 하면서도 이심전심으로 일단은 상대의 반응에 따라 대응하기로 했다. 오늘 수렵곡을 찾은 불청객들은 하나같이 범상치 않은 자들이었다. 그들 중 누구도 쉬운 자가 없었다. 그리고 지금 이 어린아이도 풍기는 기운이 경계심을 갖게 하기에 충분했다.

와선이 대답했다.

"내가 와선이오."

"약초 노인? 제길, 당신이었나?"

전광동자가 인상을 찡그렸다.

마치 어린아이가 밥투정하는 표정을 지었지만, 전광동자는 실로 짜증이 무럭무럭 피어난 상태였다.

그는 지금까지 수렴곡 부근에 은신하고 있는 중이었다. 호기심과 의무가 뒤범벅이 되어 상황이 어떻게 돌아가는지 궁금해 미쳐 버릴 것 같았지만 차마 폭포 안쪽으로 들어갈 엄두가 나지 않았다.

결국 풍천과 녹림도들이 폭포를 빠져나온 것을 보고 완전히 멀어진 것까지 확인한 후 비로소 수렴곡 안쪽으로 들어온 것이었다.

"두 가지만 묻겠다. 먼저 소교… 아니, 그 청년의 병세는 어찌 되었지?"

와선은 입을 다물었다. 눈으로 확인하지 않은 일을 말할 수는 없었다.

대신 관산선생이 대답했다.

"그는 치료되었지."

"흐음."

전광동자의 얼굴에 얼핏 안도가 흘렀다.

"두 번째 물음이다. 병명은?"

"화홍독이라고 하더군."

"화홍독?"

전광동자가 고개를 갸웃했다.

"화홍독 제조가 가능한 곳은 세 군데 정도인데… 거참, 도대체 어떤 빌어먹을 놈들인지……."

세 곳이 가능하다고 해도 반드시 그중 하나라고 생각할 수만도 없었다. 유출이 된 것일 수도 있었다. 그러나 어떤 곳이든 한 가지 확실한 사실은 마교를 자중지란으로 몰고 가려는 의도가 엿보인다는 점이었다. 마교 내 깊은 사정까지 아는 것을 보면 어쩌면 마교 내 고위급 인사가 연루되어 있을 수도 있었다. 보고해야 할 사항이 하나 더 늘어났다.

이런저런 생각을 하면 할수록 전광동자는 골치가 아팠다.

"귀찮군, 귀찮아."

관산선생과 귀문방주는 내심 깜짝 놀랐다.

귀엽게 고개를 갸웃거리고 있지만 분명 보통내기가 아닐 것이라고 생각했다. 그런데 지금 말하고는 걸 보면 독을 전문적으로 다루는 세 곳, 즉 '당문', '독문', '화용곡'을 마치 언제라도 마음만 먹으면 쓸어버릴 수 있다는 듯이 말하고 있는 것이다.

뭔가 강호에 보이지 않는 바람이 불고 있었다.

그것도 오늘 찾아온 그 청년을 중심으로.

전광동자가 와선을 향해 말했다.

"늙은이가 애썼군. 그 청년은 아직 죽어야 할 때가 아니었거든."

"난 고치지 않았다!"

와선이 고함쳤다.

그러나 혹 하고 미풍이 일면서 이미 전광동자의 신형은 씻은 듯 사라져 버린 뒤였다.

세 사람은 멍하니 허공을 응시했다.
멀리서 음성이 모옥으로 들려왔다.
"쯧쯧, 쑥스러워하긴……."

第六章
가려운 귀

전전
공공
마교교주

도유강은 뚱하니 식탁에 앉아 있었다.

항산에서 돌아온 지도 어느새 칠 일이 지났다. 몸 상태는 중독 이전의 칠할 정도까지 회복되었다.

도유강에게 그 칠 일은 와선의 신묘한 의술에 감탄하는 시간들이었다. 하루하루 몸이 호전되는 것에 감사하는 마음도 잊지 않았다.

죽음의 고비를 넘긴 후 도유강의 식탁엔 변화가 생겼다.

독에 대한 공포, 즉 음식에 대한 공포를 염려한 풍천의 배려였다.

그리고 변화는 바로 지금 눈앞에 펼쳐져 있었다.

도유강은 식탁 주변에 모인 면면을 훑어봤다.

언제나처럼 옆자리엔 풍천이 앉았고, 맞은편에는 녹림왕이, 그 좌측으로 손약란, 우측으로는 은염교가 공손한 자세를 취하고 있었다.

도유강이 생각하는 식사란 모름지기 제아무리 맛있는 음식일지라도 혼자보단 여럿이 나누는 것이 낫다는 것이었다.

식사 중의 맛깔스러운 대화와 가끔씩 터지는 웃음은 그 자체로 특급 요리다. 그러나 지금 마주하고 있는 인간들의 면면은 이상적인 식사 자리와는 거리가 멀어도 너무 멀었다.

무신경의 지존인 풍천.

입에 쌍욕을 달고 사는 손약란.

험상궂은 인상에 부릅뜬 눈의 녹림왕.

녹림왕을 존경해 얼굴까지 닮아가는 은염교.

진정 도유강은 외롭게 혼자 먹어도 좋으니 모두를 사양하고 싶은 마음이 간절했다.

그때 풍천이 말했다.

"개시!"

녹림왕과 손약란, 은염교가 젓가락을 들었다.

각자 중앙과 좌, 우측 요리를 빠짐없이 한 점씩 시식했다. 오물오물한 뒤 목젖이 일렁였다. 어느 누구도 안색의 변함이 없었다.

세 사람이 동시에 젓가락을 내려놓았다.

풍천이 기다렸다는 듯 말했다.

"주군, 독극물은 없습니다. 안심하고 드셔도 좋습니다."

화기애애함을 철저히 배제한 식사 시간!
독 여부를 판별하는 실험체로서의 합석!
이것이 식탁의 현실이었다.
도유강이 젓가락을 들어 요리를 집었다.
그것을 신호 삼아 제대로 된 식사 시간이 시작되었다.
대화는 없었다.
도유강은 식사가 끝날 때까지 대화가 없길 바랐다. 그래야만 했다. 안 그러면 식사를 끝까지 할 수 없게 되고 만다.
한번 대화의 물꼬가 터지면 그때부턴 입맛이 떨어져 나가는 것은 시간문제였다. 지난 칠 일간의 식사 대부분이 그렇게 입맛을 버렸었다.
재기 넘치는 유쾌한 분위기는 기대도 하지 않았다. 그저 보통 사람들이 나누는 그런 평범한 이야기를 나눌 수 있길 희망했지만 그 소원을 이루기엔 식탁의 구성원들이 평범치 않았다.
사흘 전에는 극독을 푼 놈을 잡기만 하면 죽여 버리겠다는 주제가 식탁 위를 뛰어다녔다. 온갖 험한 말이 튀어나왔고, 결정적으로 은염교가 창자를 꺼내 말려서는 채찍으로 사용해 버리겠다고 말해 도유강은 젓가락을 내려놓아야 했다.
이틀 전 주제는 무산칠귀를 녹림으로 데려왔어야 했다는 것이었다. 놈들을 감금하고서 평생 모가지가 돌아간 채로 살아가는 걸 구경을 해야 한다거나, 두 눈을 파내고 혀를 자른 뒤 몸종으로 부려야 한다는 등의 말들이 갑론을박을 이루었다.

그때도 도유강은 조용히 젓가락을 내려놓았다.

"쩝쩝쩝… 쩝쩝… 후룩, 후루룩."

녹림왕이 연신 돈육 볶음을 먹으며 소리를 냈다.

"소리가 크다!"

풍천이 엄하게 경고성을 발했다.

풍천의 목소리가 더 컸다. 막 목으로 넘기려던 도유강은 깜짝 놀라 경기를 일으킬 뻔했다.

녹림왕이 당장에 입을 작게 오므리고 소리없이 음식을 씹었다.

"풍천, 식사 자리에서 큰 소리를 내지 마라."

도유강이 나직이 꾸짖었다.

"주군, 죄송합니다. 하지만 저놈이 감히 예의범절도 모르고 쩝쩝거리는지라……."

"됐다. 식사나 해라."

"네, 주군."

분위기가 한순간 어색해졌다.

"흠흠."

은염교가 분위기를 바꿔볼 요량인지 헛기침을 했다.

뭔가 싶어 도유강도 슬쩍 눈길을 주었다.

은염교가 말했다.

"오전에 한 가지 문제가 있었습니다."

"무엇이냐?"

풍천이 젓가락을 놀리며 말을 받았다.

"수하 중 하나가 늑대 한 마리를 발견했는데 흑룡방도의 팔 한 짝을 물고 있었다고 합니다."

"저런, 저런……."

풍천이 혀를 찼다.

도유강은 막 고기 한 점을 어금니로 씹어 육즙이 배어 나오고 있었다.

도유강은 씹은 채로 굳어버렸다. 이것이 분위기 전환용 이야기라도 꺼낸 것이라는 점 때문에 도유강은 은염교를 어떻게 해버리고 싶었다.

은염교가 말을 이었다.

"흑룡방도의 시신들을 잘 묻는다고 묻었는데 그런 일이 벌어져 수하들을 닦달해 땅을 뒤엎고 다시금 깊이 묻어두었습니다."

"흠, 사흘 전에 내린 비 때문인 모양이군."

녹림왕이 말했다.

바로 손약란도 대화에 끼어들었다.

"아예 늑대들을 깡그리 죽여 버리는 게 낫지 않아?"

역시나!

대화는 언제나 그렇듯 사소한 것에서 시작되어 살벌하고도 입맛 떨어지게 흘러갔다.

풍천이 흡족하다는 듯 고개를 끄덕였다.

"늑대를 죽인 뒤에 그 고기로 요리를 하는 것도 나쁘지 않겠군."

탁!

도유강이 젓가락을 내려놓았다. 더 이상은 무리였다.

풍천이 바로 반응했다.

"주군, 식사가 마음에 들지 않으신지요?"

슬쩍 엉덩이를 드는 것이 대답 여하에 따라 숙수를 반 죽여 놓으러 출동할 태세였다. 녹림에 잡혀와 고생하고 있는 숙수를 위험에 빠뜨릴 순 없었다.

"맛은 좋았다. 오전 식사를 넉넉하게 한 탓인 듯하다. 편히 식사하도록 하라."

"존명!"

사흘 전 자리에서 식사 때만큼은 굳이 '존명'이라는 말을 할 필요 없다고 했지만 소용이 없었다.

도유강은 일어설까 했지만, 일어서는 순간 식사 시간은 끝나는 것을 의미하는지라 여러 사람을 위해 잠시 동안 차를 마시기로 했다.

차를 마셔도 대화의 주제는 바꾸어야 할 필요가 있었다. 무심히 방치해 두면 이야기는 하늘 저 끝 괴상한 세계까지 끝없이 향하고 만다.

"우물물을 마신 녹림도들의 상태는 어떻게 되었지?"

열댓 명이 죽었다는 이야기는 들었다. 그러나 또 그만큼이 미량을 마신 덕분에 겨우 목숨을 보전했다는 말도 들었던지라 그들의 처지가 궁금했다.

녹림왕이 대답했다.

"와선이 여유있게 해독약을 제조한 덕분에 모두들 완쾌되었습니다."

"아버지, 다섯이나 죽었잖아."

손약란이 착실하게 오류를 지적해 주었다.

"험험."

녹림왕이 당황스러운 얼굴로 헛기침을 했다.

도유강은 비록 피해가 있었지만 그만한 것도 다행이라고 생각했다.

"풍천, 가까운 시일 내에 와선에게 다시 찾아가 고마움을 전해야겠다. 그날은 경황이 없어 얼굴도 보지 못했는데 지금 생각해 보니 예의가 아니었다."

녹림왕과 손약란, 은염교가 그대로 얼어붙어 버렸다.

풍천이 진중히 말했다.

"주군, 그러실 필요까지 있겠습니까?"

"와선의 맹세가 마음에 걸린다. 그의 비통한 목소리가 여전히 귓가에 어른거리는 것 같다."

"주군을 치료하는 것은 의원으로서 더할 수 없는 영광입니다. 목숨을 거두지 않고 살려준 것만으로도 와선은 큰 복을 받은 것입니다."

"그렇습니다. 와선은 행운아입니다."

녹림왕이 얼른 달려들어 동감을 표했다.

녹림의 입장에선 어떻게든 다시 와선을 만나는 건 막아야 했다. 만약 와선과 만나 차분히 대화라도 나눈다면 그날로 녹림은 대재앙을 당하게 될 터였다.

최선으로 말할 것 같으면 와선이 죽어 없어지는 것이었다. 그리고 그 작업도 녹림에 돌아오자마자 실행에 옮겨놓은 뒤였다.

바로 와선이 머물고 있는 위치와 와선이 맹세를 꼈다는 소문을 천지사방에 퍼뜨린 것이다. 수많은 사람들이 찾아오고 와선이 그들과 실랑이를 벌이다 목숨을 잃는다면 녹림은 영원히 안정을 보장받게 되는 셈이다.

손약란도 바로 가세했다.

"호호호, 주군을 뵌 것만으로도 와선은 용꿈 꿨죠!"

은염교도 힘을 보태려 입을 열었다.

"와선은… 와선은……."

그런데 막상 말을 꺼내려는데 생각이 잘 안 나는 모양이었다. 너무 절실하게 다음 말을 뱉어내려 입을 뻐끔거리는 모습에 저절로 모두의 시선이 은염교를 향했다.

도유강도 미간을 좁히고 다음 말을 기다렸다.

"와선은… 와선은… 그러니까… 나쁜 놈입니다."

"그게 무슨 말이냐!"

도유강이 성을 버럭 냈다.

풍천이 은염교를 뚫어버릴 듯 노려봤다.

"은염교!"

"…네."

"넌 식사가 끝나는 대로 좀 맞도록 하자."

은염교의 안색이 급 우울해졌다.

다시 어색한 분위기가 찾아왔다.

젓가락 깨작거리는 소리만이 식탁 주변을 맴돌았다.

도유강은 천천히 풍천을 설득해 어떻게든 와선을 만나러 가야겠다고 속으로 다짐했다.

그러다 불쑥 귀가 가려웠다. 도유강이 손가락으로 귀를 매만졌다. 요 근래 부쩍 귀가 가려울 때가 많았다.

풍천이 말했다.

"주군, 귀가 가려우신지요? 저도 요즘 그렇습니다만……."

"뭐, 우연이겠지."

도유강이 대수롭지 않게 말했다.

녹림왕이 고개를 갸웃하며 끼어들었다.

"저도 마찬가지입니다. 누군가 뒤에서 욕을 하고 있는가 봅니다."

풍천이 흠, 하고 턱을 어루만졌다.

"주군, 아마도 무산칠귀를 살려두고 온 것이 귀가 가려운 원인이 아닐까 싶습니다. 언제 짬을 내서 죽여 버리고 와야겠습니다."

도유강은 두통이 일기 시작했다.

녹림왕이 고개를 끄덕였다.

"그때 무산칠귀를 데리고 왔어야 했습니다. 제 불찰입니다."

풍천이 흥, 하고 콧방귀를 뀌었다.

"네놈의 불찰인 줄은 아는구나."

녹림왕이 목을 움츠렸다.

풍천의 눈이 가늘어졌다.

"감히 주군의 뒤에서 욕을 하다니… 이놈들을 어떻게 죽여 버리면 좋을까."

풍천이 이마를 찡그리며 쓸데없는 고민에 빠졌고, 도유강의 머리는 이미 두통이 머리 전체로 퍼져 갔다.

　　　　*　　　*　　　*

"으아아아악~!"

와선은 목젖이 드러날 정도로 비명을 내질렀다.

관산선생이 와선의 오른손을 붙들고 있었다. 귀문방주는 그 옆에 쪼그리고 앉아 눈살을 찌푸렸다.

귀문방주가 말했다.

"와선, 고집은 그만 부리시오!"

"그놈들이 수작을 부린 것이다. 그 촌놈하고 젊은 놈, 녹림까지 모두 작당해서 수작을 부린 것이란 말이다."

"말도 안 되는 소리!"

관산선생이 손등에 위치한 합곡혈에 내력을 불어넣었다. 진기를 바늘처럼 가늘게 주입해 미세신경을 자극하는 극도의 고통을 안겨주는 고문이었다.

"으아아악~!"

다시 와선이 비명을 토해냈다.

"그 망할 놈들이 농락한 것이란 말이다."

"지독하구려, 지독해. 왜 아무 죄도 없는 그들 모두를 욕하는 것이오."

관산선생이 안타깝다는 듯 말했다.

그로서는 자신의 절기인 태극신장의 묘용을 고문에 사용할 수밖에 없도록 와선이 여전히 고집을 부리자 답답함을 금할 길이 없었다.

귀문방주도 결코 좋은 표정은 아니었다.

두 사람이 와선을 고문하기 시작한 것도 어느새 칠 일째였다. 이미 고문에 한번 굴복한 와선이기에 채 하루도 지나지 않아 굴복시킬 수 있을 것이라고 생각했었다.

그러나 그건 크나큰 오산이었다.

와선은 게거품을 물면서도 결코 뜻을 굽히지 않았다. 고문이 심해질수록 더욱더 녹림왕과 촌놈, 그리고 청년을 향해 험한 욕을 해댈 뿐이었다.

그래도 지금은 주변 환경이 좀 나아진 편이었다.

사흘째까지는 와선의 비명에 무산칠귀의 고함이 함께 울려퍼졌었다.

'으아아악' 하는 와선의 비명 소리!

'목을 돌려놔! 모가지를 돌려놓으라고' 하는 무산칠귀!

그러나 사흘이 지나도 와선이 뜻을 굽히지 않자, 무산칠귀는 뒷걸음질로 떠나 버렸다.

가려운 귀 153

"도대체 녹림은 어떤 고문을 펼쳤단 말인가. 귀문방주, 난 이제껏 이 고문을 꽤나 강인하다는 이들에게 몇 번 펼쳤으나 이틀을 버틴 자를 본 적이 없소."

관산선생이 한숨 쉬듯 말했다.

"동감이오. 이렇게 되면 고문 수법이 무엇이었는지 알아보러 녹림에 한번 다녀오는 것도 고려해 봐야겠소이다."

"그것도 괜찮은 생각이구려. 일단 오늘까지만 우리 식대로 고문을 해보고 내일 우리 중 한 명이 녹림으로 찾아가도록 합시다."

"내가 다녀오리다."

두 사람이 대화를 나누는 사이, 동공이 풀린 채로 와선은 입술을 달싹거리고 있었다. 들리지는 않았지만 욕인 것만은 어렵지 않게 짐작할 수 있었다.

"점심때도 되었으니 관산선생은 간단히 요기라도 하고 오시오. 그동안 내가 힘을 써보겠소."

"흠, 내 그럼 빨리 해결하고 오리다. 와선의 식사도 챙겨오겠소."

고문에도 식사는 챙겨야 한다.

참으로 고문을 펼치는 자들이라곤 믿기지 않는 예의가 가득 담긴 어투가 오갔다.

막 관산선생이 자리를 뜨려고 할 때였다.

"하하하하! 와선께서 맹세를 깨뜨렸다니 노부는 정녕 기쁘기 그지없소!"

모옥 밖에서 우렁찬 목소리가 들려왔다. 공기의 진동으로 보아 공력이 가볍지 않았다.

관산선생과 귀문방주가 서로의 얼굴을 바라봤다.

신음을 뱉어내던 와선도 너무나 놀란 나머지 동공이 확대되었다.

"호호호호! 와선을 뵙게 된다고 생각하니 본녀도 가슴이 뛰는군요."

이번엔 여인의 목소리였다.

"천향선자, 본좌가 먼저 당도했다는 것을 잊지 마시오."

"물론이지요. 와선이 곁에 있는데 고죽상인의 차례 다음이라고 손해 볼 일은 아니지요."

그 뒤로 여러 음성이 분분히 들려왔다.

관산선생이 모옥을 창을 살짝 열고 밖을 살폈다. 몸을 돌려 귀문방주 곁에서 속삭였다.

"벌써 소문이 파다하게 퍼진 모양이구려. 스무 명가량이 병풍처럼 둘러섰구려. 와선의 체면을 생각해 밖에서 기다리고 있는 듯하나 시간이 지나면 들이닥칠 것 같소이다."

귀문방주가 혀를 찼다.

"쯧쯧, 입이 가벼운 놈들이었소이다."

"와선이 맹세를 꼈으니 제 딴에는 소문을 내는 것이 다른 이들을 구제하는 것이라고 생각한 듯싶소이다."

"그래도 그렇지… 이렇게 빨리 소문이 나리라곤……."

와선은 이제 완전히 미쳐 버릴 것 같았다.

가려운 귀 155

자신은 하지도 않은 일이 강호에 일파만파 소문이 퍼졌다.

지금 이렇듯 잡혀 있는데다 수렴곡까지 노출되었으니 앞으로의 일이 끔찍하기 이를 데 없었다. 자신을 찾아온 자들이라면 하나같이 중한 병일 테고, 그들은 관산선생과 귀문방주보다 더한 고문을 하겠노라 달려들 것이 뻔했다.

어쩌다 일이 이 지경이 되었을까.

그는 맹세를 할 당시 한 달 가까이 눈물을 흘렸었다.

평생 동안 병자를 돌보았다. 아깝게 지려는 생명을 살리는 것은 그의 삶의 의미였고 낙이었다. 그런데 한 사람의 살인자를 살린 그의 의술은 수백에 이르는 무고한 희생을 만들어내고 말았다.

하늘의 순리를 거스른 벌이라는 생각이 들었다. 그때의 절망감은 그의 인생관을 송두리째 바꾸어놓았다.

그 후 은둔생활을 하며 무림인이 아닌 일반 백성을 위해 의술을 베푸는 데 전념했다. 그것만이 그날의 죄를 속하는 유일한 길이라고 생각했다.

하늘과의 약속이 그러할진대 어찌 또 무림인 간의 상쟁에서 얻은 중병을 고칠 수 있을 것인가!

지금은 결단을 내려야 할 때였다.

그는 분명 맹세를 깨지 않았다. 아니, 만에 하나라도 관산선생과 귀문방주의 말처럼 자신이 비몽사몽간에 의술을 발휘했더라도 그 청년의 목숨은 거둬야 했다. 그 청년은 죽을 운명이었다. 운명의 향방이 바뀌게 되면 엉뚱한 희생이 대신 그 값을 치르게 되는 것이다.

게다가 그 청년의 심복을 보건대 과거 혈영신마보다 더한 참상이 이후에 벌어질 수도 있었다.

와선이 입을 열었다.

"두 사람에게 묻고 싶은 것이 있소."

"말씀하시오, 와선."

진중한 목소리에 관산선생과 귀문방주도 진지한 낯빛으로 답했다.

"당신들의 말을 믿어도 되겠소?"

"나 관산선생은 믿음을 저버린 적이 없소."

"한마디 말의 무게는 알고 있소."

두 사람이 차례로 대답했다.

"다시 한 번 묻겠소. 당신들의 자녀가 무림인들 간의 상쟁으로 병이 생긴 것이 아닌 것이 맞소?"

와선의 눈에서 빛이 뿜어져 나왔다.

"그렇소. 나 홍유천 이름을 걸고 보증하오."

관산선생이 와선의 어깨에 손을 얹고 말했다.

귀문방주도 바로 대답했다.

"의심할 것 없소. 나의 목숨과 내 방도 전부의 목숨을 걸더라도 내 대답은 한결같을 것이오."

와선이 고개를 끄덕였다.

다른 사람은 몰라도 이 두 사람은 믿을 수 있었다.

맹세를 깼다는 오해를 하기 전까지 이 둘은 힘을 지니고 있어도 힘을 드러내 협박한 적이 없었다. 게다가 압력을 행사한다는 인상을 주지 않기 위해 병든 자녀와 수하들을 대동하지 않을 정도로 분별력도 있는 자들이었다.

"두 분께 부탁할 것이 있소."

"말씀하시오."

"이번에 치료비를 많이 받아야 할 것 같소."

관산선생과 귀문방주의 얼굴이 환하게 밝아졌다. 치료비가 무슨 문제이겠는가. 와선이 드디어 확답을 준 것이 그들로선 천금의 선물과도 같았다.

"부르는 대로 주겠소이다."

관산선생이 말했다. 귀문방주도 고개를 끄덕였다.

와선이 고개를 저었다.

"치료비는 돈이 아니오."

두 사람이 당장 얼굴에 의문을 띠었다.

와선이 말을 이었다.

"칠 일 전 찾아온 그 청년의 목숨을 취해주시오."

관산선생과 귀문방주의 안색이 바로 어두워졌다. 두 사람은 서로를 바라보며 걱정스러운 눈빛을 교환했다.

잠시 후 귀문방주가 말했다.

"와선, 그건 어려울 것 같소. 와선이 이십오 년 전의 사건이 재현되는 것을 막으려는 뜻은 잘 알겠소. 하지만 본인은 그 청년과는 아무 원한 관계도 없거늘 어찌 내 자식을 살리겠다고 다른 사람의 목숨을 빼앗을 수 있겠소."

관산선생이 말을 받았다.

"본인도 귀문방주와 마찬가지라오. 우리에겐 그 청년을 죽여야만 하는 아무런 명분도, 원한도 없소. 면밀히 말하자면 이 원한 관계는 와선과 그 청년의 문제인 게지요. 하지만 방법이 아예 없는 건 아니오. 우리 두 사람이 각기 돈을 지불하겠소. 그 돈으로 살수를 고용하는 것은 어렵지 않을 것이오."

와선은 썩 내키지 않았지만 두 사람의 의중을 충분히 헤아릴 수 있었다. 관산선생은 모산 홍가의 가주로 강호에 덕망이 자자했다. 또한 귀문방도 방파 중 제일을 다투면서도 사악한 방파와는 거리가 멀었다.

하지만 무엇보다 두 사람의 심중에 두려움이 엿보인다는 것이 문제였다.

원치 않는 일을 억지로 밀어붙이는 것은 그리 좋은 결과를 보기 어렵다. 그건 살아온 경험이 말해주고 있었다.

관산선생의 말대로 이 일은 자신과 그 청년과의 문제였다. 살수들이라면 감정에 치우치지 않고 결국 목적을 달성할 수 있으리라.

생각이 거기에 미치자 그것이 확실히 깔끔하겠다 싶었다.

그때 귀문방주가 말했다.

"이곳 산서성에 근거를 두고 있는 유령곡이라면 능히 와선의 뜻을 이루는 데 부족함이 없을 것이오."

"좋소, 그리합시다. 두 분의 자녀는 어디에 있소?"

"우리 두 사람 모두 응현에 두고 왔소이다. 수하들도 모조리 그곳에서 기다리고 있지요."

귀문방주가 말했다.

"그럼 우선 수렴곡을 벗어나 응현으로 갑시다. 고죽상인과 천향선자가 비록 한가락 실력을 갖추었다곤 하나 두 분의 무공이라면 충분히 따돌릴 수 있으리라 믿소."

"물론이오."

관산선생이 자신있게 말했다.

"아무래도 모습이 드러나는 건 좋지 않을 듯싶으니 두 분은 복면을 하는 것이 좋겠소. 저 뒤쪽을 뒤져 보면 검정 천 무더기가 있을 것이오. 서두르시오."

두 사람은 천을 자르고 묶어 복면 형태로 만들어 머리에 뒤집어썼다.

관산선생이 고문으로 인해 혼자 거동하기 불편한 와선을 들쳐 업었다. 귀문방주는 긴 천을 가져와 와선을 묶을 수 있도록 건넸다.

"와선, 고문을 가한 걸 진심으로 사과드리오. 부디 용서해 주시오."

관산선생의 말에 와선이 옅게 웃었다.

"이미 잊었소. 돌파할 시 막는 자들을 크게 상하게 하진 마시오."

"그렇게 하리다. 귀문방주, 길을 열어주시오."

복면에 드러난 귀문방주의 눈이 웃었다.

"염려 마시오."

그때 벌컥 문이 열렸다.
"나, 고죽상인이……!"
퍼엉!
귀문방주가 장력을 날렸다. 예기치 못한 상황에 고죽상인이 바닥을 뒹굴고, 귀문방주가 앞길을 열었다. 관산선생이 그 뒤를 따랐다.
뒤쪽에서 고죽상인의 외침이 터져 나왔다.
"와선이 납치되었다! 잡아라!"

第七章
때가 되었도다

전전긍긍
마교교주

스스슥.

바람이 아니나, 또 바람이었다.

세 개의 그림자!

그들은 머리부터 발끝까지 복면에 흑의로 감싼 채 어둠을 타고 녹림총채 쪽으로 이동했다.

워낙 은밀하고 표홀한지라 벌레들조차 그 곁을 누군가가 스쳐 지나가는 것을 알아차리지 못하고 울음소리를 그치지 않았다.

제일 앞쪽에서 이동하던 자가 번쩍 손을 들어 올리며 신형을 멈췄다. 그것을 신호로 뒤의 두 그림자도 어둠 속에 몸을 웅크렸다.

세 그림자는 눈을 들어 녹림총채 쪽을 바라봤다. 자정이 임박하였건만 총채에는 불이 환하게 밝혀져 있었다.

그림자의 수장이 나직이 중얼거렸다.

"무슨 행사라도 하고 있는 모양이로군."

뜻밖이라는 감정이 묻어 나왔다.

두 그림자는 묵묵히 입을 다물고 다음 말을 기다렸다.

그림자의 수장이 말했다.

"칠호, 십호! 계획한 대로 녹림도로 변복하고 잠입한다. 상황을 타고 물이 흐르듯 진행하되 여의치 않을 시엔 바로 철수하도록!"

두 그림자 칠호와 십호가 고개를 끄덕이고는 유령처럼 그 자리를 벗어났다.

      *   *   *

"어, 시원하다."

"좋구먼, 좋아."

투두둑!

오줌 줄기가 무릎 높이로 자란 잎사귀에 맞고 떨어져 내렸다. 산채 외곽에서 두 녹림도는 경쟁이라도 하듯 오줌발을 세웠다.

"충헌, 도대체 그 젊은 놈 정체가 뭘까?"

둘 중 키가 좀 더 큰 녹림도가 입을 열었다. 그의 입술은 비틀리고 얼굴 가득 짜증이 묻어 있었다.
"난들 알겠어."
충헌이라 불린 녹림도가 어깨를 으쓱했다.
"지가 무슨 마교의 소교주라도 된다면 내가 그러려니 하겠어. 이건 뭐 적당히 좀 해야지. 왜 우리 녹림이 천천세, 만만세를 외쳐야 하냔 말이야."
"크크, 연습하면서도 웃기긴 하더라."
"그게 웃겨? 네놈은 속도 좋구나."
"안 웃으면 어쩔 건데? 네가 그 앞에서 대들기라도 하겠다는 거야?"
"제길, 그 이야기가 아니잖아."
"불평불만 있어도 소용없어. 때가 되면 우린 그냥 입만 벙긋거리자고."
"음, 나도 그럴 생각이야."
오줌 줄기가 약해지고, 이어 두 사람이 바지춤을 끌어올렸다.
"늦었다고 대주가 호통치겠군."
"그래, 어서 가자."
그때였다.
막 돌아서려던 두 사람의 허리가 앞쪽으로 확 접혔다.
"윽!"
"큭!"
일시 숨이 막힌 듯 짧게 비명을 내지른 두 녹림도가 앞으로 고꾸라졌다.

척!

땅에 머리를 찧기 직전 두 녹림도의 몸이 멈췄다.

그들 뒤로 두 복면인이 각기 한 명씩 녹림도의 뒷덜미를 잡고 있었다. 복면인들은 소리 나지 않게 녹림도들을 눕힌 후 옷을 벗겼다.

잠시 후 복면과 야행복 대신 두 사람은 녹림도의 모습이 되어 있었다.

"어때?"

칠호가 살짝 옆으로 돌며 물었다.

십호가 미소를 머금고 고개를 끄덕였다.

"완벽합니다."

칠호와 십호는 두 녹림도를 수풀 안쪽으로 옮겨 눈에 띄지 않게 한 다음, 거들먹거리는 몸짓으로 녹림 무리 쪽으로 걸음을 옮겼다.

* * *

도유강은 차를 한 잔 따라 창가에 섰다.

밖은 어둠에 잠겨 있었다.

달이 구름 뒤로 가려지는 모습이 여인이 수줍게 숨는 것처럼 보였다.

"휴우······."

달빛에 대한 감상도 잠시, 도유강은 다시 자신의 처지를 생각하며 길게 한숨을 내쉬었다.

 어느덧 해독 후 스무 날가량이 지났다.

 몸 상태는 완연히 정상으로 돌아왔다.

 이젠 미래에 대해 준비해야 할 때였다. 언제까지고 풍천에게 끌려 다닐 수만은 없었다. 풍천은 흑룡방을 전멸시키고, 녹림을 장악했다. 그 와중에 자신은 독극물에 당해 삶과 죽음의 경계도 넘나들었다.

 미래! 그렇다. 미래가 중요했다.

 이대로라면 '지존의 길'이라는 미명 아래 또 얼마나 많은 살육의 현장을 목격하게 될지 알 수 없었다.

 명령을 내린 적이 없다 해도 뭇 사람들은 그 사실을 제대로 이해하지 못할 것이다. 풍천을 욕하는 사람은 없을 것이다. 풍천은 그저 명령을 따랐을 것이라고, 그 특유의 절대적인 복종심으로 무작정 썰어버린 것일 뿐이라고 생각할 것이다.

 이것은 결코 원하는 미래의 모습이 아니었다.

 도유강은 입술을 질끈 깨물고 토하듯 말했다.

 "나는 마교의 교주로서의 운명을 거부하겠다."

 자유로운 삶!

 강호의 험한 세파 따윈 수많은 강호인들에게 맡기겠다!

 보통 사람의 일상에서 살고 싶다!

 사실 이것은 목표랄 것도 없었다. 누구나 사람은 선택의 권한을 지니고 있고, 원하는 대로 살면 그만이었다.

때가 되었도다

하지만 도유강의 입장에서 볼 때, 이 목표 앞에는 오르지 못할 산과 벽이 놓여 있었다.

풍천이라는 이름의 산!

풍천이라는 이름의 벽!

이미 세 번의 탈출 시도가 물거품이 되었다. 그때의 교훈은 뼈가 저릴 정도로 각인되어 있었다. 또다시 탈출을 시도한다고 해도 결과는 달라지지 않을 것이란 것도 잘 알고 있었다.

이는 마치 호랑이의 먹잇감으로 잡힌 강아지가 호랑이 굴에서 탈출을 시도하려는 것처럼 무모한 것이기도 했다.

거기까지 생각하던 도유강이 살짝 고개를 갸웃거렸다.

"가만. 호랑이 굴에 잡힌 강아지가 호랑이를 한 방에 쓰러뜨린다면?"

그런 일은 꿈에서나 가능한 일이었다.

그러나 도유강의 입가엔 어느새 미소가 피어나고 있었다.

"흐흐, 이렇게 아둔할 수가……."

하룻강아지라도 절세의 신공을 익힌다면 호랑이가 문제겠는가? 두려운 호랑이가 아닌, 그깟 호랑이가 되는 것이다.

풍천은 분명히 말했었다.

"주군, 아직 때가 되지 않았습니다."

그 '때'란 것은 바로 아버지의 안배였다.

마교 소교주로서 오직 내공만 높을 뿐 여타 무공을 익히지 못하게 하신 뜻은 최강의 무인, 역대 최강의 마교 교주가 되도록 하려는 의도가 숨어 있었다. 그 안배 속의 무공이라면 강아지라 할지라도 호랑이를 쥐 잡듯 할 수 있는 것이다.

그동안 보아온 풍천의 무공은 가히 경이적이라 할 만했다.

그러나 안배된 무공의 경지는 풍천을 능히 뛰어넘는 것이 될 것이 틀림없었다. 그렇지 않다면 아버지는 굳이 안배 따위를 둘 필요 없이 풍천에게 무공을 배우도록 하셨으리라.

도유강의 입가에 미소가 짙어졌다.

"안배의 때는 곧 자유의 시작이겠군."

그동안 전전긍긍했던 것이 우습게 여겨졌다.

그저 기다리면 되는 것이었다. 안달할 필요도 없었다.

그 기간이 설마 오 년 후, 십 년 후가 되지는 않을 테니까.

도유강은 침상으로 걸어가 걸터앉았다.

절로 마음이 편안해졌다.

솔직히 당장 풍천의 손아귀를 벗어나기도 힘들었지만 기적적으로 벗어난다고 해도 문제는 문제였다.

강호에 나온 지 얼마 되지도 않았건만 짧은 시간 동안 원수를 너무 많이 만들었다. 마교는 물론이고, 녹림, 흑룡방의 몰살에 이를 갈고 있을 무산칠귀, 심지어 와선신의도 앙심을 품고 있을지도 몰랐다.

그들 중 누구도 지금 능력으로는 맞서기 힘들었다.

그러나 안배를 통해 힘을 가진 뒤라면?

"때라… 때… 그래, 그 때가 되면 지금까지의 험한 여정도

한낱 추억거리가 되고 말겠지."

도유강은 흐뭇하게 중얼거리고, 침상에 올라 몸을 뉘였다.

오늘 밤은 다른 어느 때보다 편안하고 깊은 숙면을 취할 수 있을 것 같았다.

이불을 가슴께까지 끌어올리고 도유강은 낮게 숨을 고르며 잠을 청했다.

일다경이 지났을까.

잠이 오지 않았다. 반듯하게 누워 있던 도유강이 좌측으로 몸을 틀었다.

일각 후,

이번엔 우측으로 몸을 틀었다.

다시 일각 후, 몸을 뒤집고 엎드렸다.

베개를 들어 올려 머리를 내리눌렀다.

그래도 잠이 오지 않았다.

"하하하하!"

침상에 얼굴을 묻은 채로 도유강이 웃음을 터뜨렸다.

그렇다. 이 순간 도유강은 사람이 너무 기쁨에 들떠도 잠을 이룰 수 없다는 것을 깨닫고 있었다. 이러다간 날 밤을 새우고 말 것 같았다.

그건 좋지 않았다.

도유강은 침상에서 내려와 바닥에 가부좌를 틀고 앉았다.

운기행공으로 기혈을 조화롭게 하여 마음에 평정을 얻고자 함이었다.

즉시 유일하게 익힌 심공인 능운무상공을 구결에 따라 운용했다. 곧 사지백해로 온화한 기운이 퍼져 나갔다. 더 이상 잡념이나 주변 풀벌레 소리조차 들리지 않는 무음의 상태에 빠져들었다.

진기를 백회혈까지 끌어올리는 와중에 몸은 구름 위를 맴도는 듯했다. 이제 다시금 그 기운을 아래쪽으로 도인했다. 척추를 따라 천주, 대추, 신추혈에 이른 기운이 영대혈까지 흘러내려 갔다.

그때였다.

"하하하하하! 드디어 때가 되었도다."

익숙한 목소리!

풍천이었다. 가히 산악을 떨어 울릴 정도의 장대한 음성이었다. 역시 예측불허의 인간답게 느닷없는 외침이었다.

그러나 도유강은 짜증을 내거나 허허거리며 웃을 수가 없었다. 그 대신 눈을 크게 부릅뜨고 가슴을 움켜쥐며 신음성을 발했다.

"커어억!"

한참 몰입 상태에서 운기를 하던 도유강이었다.

모름지기 운기행공에 있어서 주변 환경의 급격한 변화만큼이나 치명적인 것은 없다. 운기하는 몸을 건드린다거나 급작스러운 괴성은 주화입마를 불러오는 가장 큰 위협이었다.

게다가 풍천의 외침은 그저 누군가 고함을 치는 것과는 차원이 달랐다.

그렇기에 산 전체를 흔들어 버린 굉음은 덩달아 도유강의 기운도 멋대로 흩어버렸다. 진기가 멋대로 엉켜 견디기 힘든 통증이 찾아왔다. 누군가가 가슴을 잡아 뜯어내는 것과도 같았다.

"커억… 풍, 풍천… 네, 네놈이……!"

도유강은 가슴을 움켜쥐고 끝내 모로 쓰러졌다.

얼마 전 요리 속에 독성 여부를 판별해 내지 못하고 그냥 통과시킨 것은 어쩔 수 없다 쳐도, 이번에는 풍천에 의해 직접적으로 목숨을 잃을 위기였다.

"천하여! 지존의 생신을 앙축하라!"

쩌렁하며 풍천의 외침이 다시 이어졌다.

"끄어억……."

기혈이 다시 뒤틀렸다.

죽을 듯 꿈틀대면서 도유강은 방금 전의 말뜻을 되새겼다.

'생일이라고? 오늘이?'

정신없이 하루하루를 보내다 보니 그조차도 잊고 있었다. 풍천은 앞선 외침에서 때가 되었다고 했고, 지금은 생일이라고 했다.

그건 곧 열아홉 생일이 안배를 받게 되는 때라는 의미였다.

그러나 지금 그 사실을 알았다 해도 하나도 기뻐할 수가 없었다. 도리어 비참함이 해일처럼 몰려왔다.

"으으으……."

최악 중의 최악이었다. 도유강은 온몸이 갈기갈기 찢기는 육체적인 고통과 함께 온 마음이 산산이 부서지는 심적인 고통을 동시에 느꼈다.

심복에게 죽임을 당한 자!

생일날이 제삿날이 된 자!

최강의 무공을 얻게 되는 안배의 때에 사망한 자!

이 모든 재수없는 상황이 전부 자신에게 해당되었다.

"아, 안 돼……. 이렇게 죽을 순 없어. 나… 난… 죽을 수 없어……."

이마와 목에 핏줄이 곤두서고 진땀이 쏟아졌다. 이렇게 죽으려고 태어난 것이 아니었다.

살아야 한다!

이런 개죽음을 당할쏘냐?

도유강은 불굴의 의지로 문 쪽을 향해 기었다.

그때였다.

벌컥!

문이 열리며 풍천이 모습을 드러냈다.

"주군, 열아홉 생신을 축하… 헉! 주군!"

활기차게 말하던 풍천이 기겁했다.

"주군, 어떻게 된 일입니까?"

도유강은 대답할 힘도 없었다. 그저 할 수 있는 것이라곤 끙끙거리는 것이 전부였다.

풍천은 주변을 빠르게 훑었다. 외부의 적이 침투한 흔적을 찾는 모습이었다. 그러나 주변에 흐트러진 것이 없고, 도유강이 그저 널브러져 있는 것뿐인 것을 보고 얼른 도유강의 몸을 부축했다.

"주군, 주화입마시로군요. 염려 마십시오. 소인이 바로 손을 쓰겠습니다."

풍천이 도유강을 억지로 가부좌를 틀게 한 뒤, 명문혈에 손을 얹고 진기를 쏟아부었다.

효력은 즉시 나타났다.

한없이 헝클어지고 꼬여 풀어낼 수 없을 것 같던 진기가 한데 모아졌다. 기가 서서히 운행하기 시작했다.

도유강은 안도의 한숨을 내쉬었다. 그러나 또 한편으로는 분노가 치밀어 올랐다.

이것은 병 주고, 약 주고였다.

겨우 살았다. 이로써 한 달도 채 되지 않아 죽음의 고비를 두 번이나 넘겼다. 둘 다 직간접적으로 풍천이 병을 주었고, 또 약도 주었다.

만약 이대로 풍천과 함께 일 년 정도를 보낸다면 그 안에 비명횡사를 할 것은 불을 보듯 뻔했다. 이놈은 곁에 있는 것으로도 위험 요소이자 재앙이었다. 충성스러운 수하가 아니라, 호시탐탐 목숨을 노리는 살인자였다.

"주군, 어떠신지요?"

살인미수자가 물었다.

도유강은 말을 하지 않았다. 몸은 정상으로 돌아왔지만 격한 기의 충돌로 인한 피곤함으로 입을 열고 싶지 않았다. 아니,

살인미수자의 걱정 따위에 응하고 싶지 않았다.
"주군, 소인이 조그만 늦었더라도 큰일이 날 뻔했습니다."
살인미수자가 이제 생색까지 냈다.
"……"
"주군, 운기행공을 함에 있어서는 늘 주화입마를 경계해야 합니다."
이젠 충고!
"……"
"주군, 생신을 축하드립니다. 밖에 축하연이 준비되어 있습니다. 가시죠."
도유강은 눈을 느리게 깜박이며 풍천을 바라봤다.
하아! 그래, 생일이었지. 살인미수자는 밖에 축하연까지 준비했단다.
풍천이 성큼성큼 앞장서 나가자, 도유강은 그 뒤를 천천히 따라 걸었다.
풍천이 문을 열고 옆으로 비켜섰다. 도유강이 그 사이를 지나 복도를 따라 걸으며 바깥으로 나갔다.
그때였다.
"천세 천세 천천세! 만세 만세 만만세! 지존의 생신을 축하드립니다."
우렁찬 외침이 들려왔다.
녹림도들이 한목소리를 만들어내며 손에 든 횃불을 높이 치켜들었다.

"허허……."

도대체 언제 어떻게 연습을 시킨 것일까? 솔직히 도유강은 감탄하고 말았다. 그들의 외침, 횃불을 드는 정확한 시점, 어느 것 하나 어설픈 구석을 찾을 수가 없었다.

"주군, 보좌에 앉으시지요."

풍천이 곁에서 나직이 말했다.

녹림의 대열 앞쪽에 태사의가 놓여 있었다.

도유강은 천천히 걸어 의자에 몸을 걸쳤다.

풍천이 석상처럼 그 옆에 굳건히 시립했다.

"천천세 만만세라……."

도유강이 나직이 중얼거렸다.

"주군, 영생복락 누리십시오."

풍천이 말했다. 목소리에 걱정이 엿보였다.

"영생복락이라……. 좋지, 영생복락. 기쁘구나. 더욱 기쁜 건 오늘 드디어 때가 되었다는 소리를 들었기 때문이다."

"네, 안배의 때가 되었습니다."

그 와중에도 녹림의 외침은 계속되었다.

"천세 천세 천천세! 만세 만세 만만세~!"

손을 들어 제지하거나 몸을 일으켜 세우지 않는 한 밤새 외치기로 되어 있는 모양이었다. 정말이지, 무식하게 일관성있는 외침이었다. 조련자가 풍천이란 것을 단번에 알 수 있을 만큼.

"풍천!"

도유강이 입을 열었다. 큰 외침 속에서도 가까이에 있는 풍천이 들을 수 있을 만큼의 성량을 냈다.
"풍천이 여기에 있습니다."
"사실 날 살해하려는 자가 있었다."
풍천이 바로 발작하려 했다.
"감히 어떤 자였습니까?"
도유강이 앉은 채로 풍천의 허리께를 토닥였다.
"고정하고 내 말을 끝까지 듣도록 해라."
"끝까지 듣겠습니다. 그 뒤엔 놈을 갈기갈기 찢어 죽여 버리겠습니다."
"그래, 그래야겠지. 태어난 날이 사망하는 날이 될 뻔했으니까 놈은 찢겨죽어도 마땅하다."
"그렇습니다."
풍천은 분을 감출 수 없다는 듯 씩씩거렸다.
도유강이 말을 이었다.
"네가 들어오기 전 나는 능운무상공을 운기하고 있었다. 그런데 그때 흉수가 크게 웃는 소리가 들렸다. 괴성도 바로 이어지더구나. 아마도 내 기억이 맞는다면 '드디어 때가 되었도다' 였었지. 하지만 어찌 된 일인지 내 귀엔 '운기하다 죽어버려라' 정도로 들리더구나. 그 순간 기운이 엉키고 숨도 제대로 쉴 수가 없었다. 난 속으로 태어난 날 죽고 마는구나, 라고 생각했었다. 다행히 네가 제때 맞춰 들어오지 않았다면 내일 아침 햇빛조차 보지 못하고 죽고 말았을 것이다."

도유강이 고개를 옆으로 돌려 풍천을 바라봤다.

열기 어린 콧김을 뿜어내던 풍천은 이미 얼음덩어리가 되어 있었다.

도유강이 무심히 말했다.

"풍천, 너는 그자가 누구인지 아느냐?"

풍천이 침을 삼키는지 목젖이 일렁였다.

"풍천!"

도유강이 크게 외치며 자리에서 일어섰다.

그와 동시에 녹림도의 천천세 만만세 외침도 뚝 그쳤다.

깊은 정적이 찾아왔다.

녹림왕을 비롯한 모든 녹림도의 눈이 도유강을 향했다.

드디어 오늘의 주인공이 한마디를 꺼내기 위해 자리에서 일어선 것이다.

"후우~"

도유강이 나직이 숨을 토해냈다.

한숨 같기도 하고, 탄식 같기도 했다. 또 한편으로는 녹림도들이 한뜻으로 모여 생일을 축하하는 것에 대해 감동하여 탄성을 흘리는 것처럼도 보였다.

녹림왕은 당연히 감동한 것이라고 생각했다.

단지 기쁨을 애써 숨기고 억누르는 탓에 저렇듯 애매한 표정을 짓고 있다는 것이 녹림왕의 판단이었다. 솔직히 녹림도들이 산이 떠나가라 천천세 만만세, 영생복락을 외치는데 감동받지 않는 자가 있다면 그놈이 이상한 놈이었다.

그런 생각의 끝에 녹림왕은 손약란에게 전음을 발했다.

[저놈의 종자는 어디서 나왔는지 정말 궁금하구나.]

[왜?]

[생일이잖냐. 이날 하루 정도는 순수하게 기뻐하면 오죽 좋냔 말이다. 근데 저놈 분위기 봐라. 대체 어디에서 뻗어 나온 씨인지. 쯧쯧.]

[하긴 저 새끼가 분위기가 아주 묘하지. 오만한 기품이 저렇게 어울리는 인간도 드물달까.]

[마음에라도 든단 말이냐?]

녹림왕이 인상을 찡그렸다.

[아버지, 그런 뜻이 아니잖아. 와우, 짜증나네.]

[아니면 됐다. 그나저나 얼마나 거창한 말을 하려고 저리 뜸을 들이는지 모르겠구나.]

그때 도유강이 입을 열었다.

"주군의 생일을 축하한다라······. 그래서 네가 그렇게 화통하게 웃었구나. 좋았겠지. 좋았을 거야."

도유강이 의자를 들어 올렸다.

풍천은 더욱더 견고한 얼음덩이가 되어 있었다.

녹림왕과 녹림도들이 '어, 어' 하는 입모양을 지었다. 앞으로의 상황이 눈에 선했다. 그들 중 누구도 구체적으로 말을 하진 않았지만 표정에서만큼은 이미 경악에 차 수만 가지 말을 쏟아내고 있었다.

'새, 생일이잖아. 근데 왜?

'설마 진짜로 찍어버리는 건 아니겠지? 그렇겠지?'
'기뻐서 웃은 것이 뭐가 문제인데?'
휙!
파삭!
모두의 우려는 현실이 되었다.
도유강이 의자로 풍천을 찍어버렸다.
의자가 산산이 부서지고, 도유강의 손에 의자 다리 하나만 덩그러니 남았다. 풍천은 여전히 얼음처럼 굳어져 있었다.
도유강이 버럭 소리쳤다.
"네놈이 주군의 생일을 맞아 한다는 짓이 고작 이것이었단 말이냐!"
풍천은 눈도 깜박이지 않고 한 치의 흔들림도 없이 서 있었다. 이대로 굳어버려 영원히 석상으로 살아갈 것처럼 보였다.
도유강은 그런 풍천을 향해 의자 토막까지 던져 버렸다.
"오늘 일은 이쯤에서 끝내겠다. 너는 내일 아침 일찍 찾아오도록 해라."
도유강이 몸을 돌려 팔을 크게 휘저으며 처소로 돌아갔다.
녹림왕을 위시한 녹림도들은 경악을 금치 못했다. 그들의 눈은 누구 할 것 없이 더 이상 커지려야 커질 수 없을 만큼 휘둥그레졌다.
고작이라니? 말은 좀 가려서 해줬으면 좋겠다.
녹림은 오늘 이날을 준비하기 위해 얼마나 큰 고생을 했는지 모른다.

깜짝 연회여야 한다는 풍천의 지시에 의해 사흘 전부터 천천세 만만세를 소리 죽여 입을 맞춰왔었다. 외치는 소리에 따라 횃불을 드는 동작도 중요하다며 풍천이 닦달을 한 것은 말로 할 수 없을 정도였다. 몇 놈은 꾸물거리다가 모가지가 돌아가야 했다.

어디 그뿐인가.

대규모 연회를 위해 돼지를 오십 마리를 잡고, 소는 스무 마리나 잡았다. 일전에 잡아들였던 모든 숙수들이 동원되어 지금껏 듣도 보도 못한 진귀한 요리들을 준비했다.

그런데 오늘의 주인공은 이 모든 노고를 눈앞에 두고도 기껏 한다는 소리가 '고작'이란다.

녹림도들은 도대체 어떻게 해야 저 인간이 흡족한 연회라고 느낄지 상상조차 할 수가 없었다.

은염교가 해쓱해진 얼굴로 녹림왕에게 전음으로 물었다.

[총표파자님, 쟤는 왜 또 저러는 겁니까?]

녹림왕의 인상은 구겨질 대로 구겨진 상태였다.

[저놈 이상해. 어떻게든 오래 같이 있으면 사단을 내도 크게 낼 놈이다.]

[어린놈의 새끼가 어찌 저리 괴팍할 수 있습니까? 저기 풍천의 표정을 보십시오. 아주 혼이 나가 버린 것 같지 않습니까? 제가 살다 살다 풍천을 동정하게 될 줄은 몰랐습니다.]

[놈도 어이가 없겠지. 지금은 아무 생각도 없을 게다.]

[어이가 없을 만도 하지요. 항산에서 돌아온 뒤로 풍천은 오

직 이날만 준비해 왔잖습니까? 표정이 없는 놈이지만 그래도 그 와중에 기쁨에 겨워하는 것은 느낄 수 있을 정도였으니까요.]

[그랬지. 그래서 더욱 괴로울 거다. 죄도 없이 모욕을 당했으니 아무리 풍천이 바보같이 우직한 충성심을 지녔다고 해도 당황스럽고 서러울 것이다. 놈은 명령대로 움직이는 놈이지 않느냐. 지금 생각해 보면 흑룡방을 몰살시킨 것도 결코 원해서는 아닐 것 같다는 생각이다.]

[맞습니다. 정말 어린놈이 해도 해도 너무합니다. 비록 독을 쓴 건 우리지만 풍천이 해독하려고 얼마나 미친 듯이 날뛰었습니까?]

[아무렴. 대단했지. 그 열정만큼은 세상 누구도 따를 수 없을 게다.]

[제가 가서 위로의 말이라도 한마디 건네야겠습니다.]

녹림왕이 손을 들어 은염교를 제지했다.

[아니다. 내가 직접 가도록 하겠다. 불쌍한 새끼, 얼마나 상심이 크면 저렇게 굳어버려 움직이지도 못할까.]

녹림왕은 속으로 혀를 차면서 풍천을 향해 걸음을 옮겼다.

한편 녹림의 대열에 잠입한 칠호와 십호는 자신들의 눈을 의심하느라 정신이 없었다.

[녹림왕이 천천세 만만세라니……. 제가 잘못들은 걸까요?]

십호가 전음을 발했다. 그의 눈동자는 불안하게 흔들리고 있었다.

[제대로 들었다. 녹림은 애송이의 수중에 떨어진 게 확실하다.]

칠호가 대답했다.

[저 애송이가 제거할 대상이겠지요?]

[물론.]

[애송이를 보기 전에는 와선신의가 의원의 신분으로 왜 살인청부를 의뢰했는지 의문이었습니다만 이제야 그 숨은 뜻을 알겠습니다.]

[애송이 하나로 강호에 큰 재앙이 닥칠 것이라고 생각했기 때문이겠지.]

[한 사람을 죽이므로 수만의 생명을 살리는 것이라… 유령곡이 강호에서 의미있는 살인을 하게 되는 셈이로군요.]

[하지만 방심은 금물이다. 결과가 나온 뒤에 축배를 들어도 늦지 않아.]

[명심하겠습니다.]

십호의 대답을 들은 후 칠호는 청부 대상의 충복에게로 시선을 돌렸다.

의자로 찍힌 뒤 충복은 완전히 굳어 있었다. 어린데다 괴팍하기까지 한 주인을 섬기는 자의 비애가 주변을 물들이고 있었다. 온갖 회한과 서러움도 흘러나와 주변 공기마저 느리고 무거워진 느낌이 들었다.

솔직히 이번 청부는 여러 면에서 애매한 구석이 많았다.

첫째는 사람을 살리는 의원이 살인청부를 한 점이라는 것이었고, 둘째는 청부 대상의 이름과 소속, 문파 등 그 어떤 정보도 없다는 점이었다.

그에 대해 와선신의는 녹림총채로 가면 모든 것을 이해할 수 있을 것이라고만 했다. 그리고 그의 말대로 의문점들은 더 이상 의문이 되지 않고 명백해졌다.

셋째는, 애송이 곁에 늘 붙어 다닌다는 충복의 무공 수준에 관한 것이었다.

와선신의의 말에 의하자면 저 충복은 무산칠귀의 모가지를 별로 힘도 들이지 않고 돌려 버렸다고 했다.

강호에 무산칠귀를 꺾을 수 있는 자는 많지만 힘을 들이지 않고 제압하는 자를 찾는 건 극히 어려운 일이었다.

유령곡의 곡주님을 비롯한 수뇌부에서는 결코 그와 같은 사실을 믿지 못하겠다며 특급살수의 투입이 아닌 일급살수 세 명을 보내는 것으로 결정을 내렸다. 그 때문에 이번 작전엔 일호와 칠호, 십호가 배정되었다.

그러나 막상 녹림총채에 와보니 와선신의의 말이 결코 과장된 것이 아니란 것을 확인할 수 있었다.

녹림왕이 천천세 만만세를 부르는 마당에 특급살수 다섯 명이 전부 투입된다고 해도 많다고 볼 수 없을 정도였기 때문이다.

[녹림왕이 충복에게 다가갑니다. 무슨 일일까요?]

십호가 전음을 보냈다.

칠호도 이미 보고 있는 중이었다.

[나름 위로하려고 하는 것처럼 보이는구나.]

녹림왕은 느린 걸음으로 충복에게 다가가고 있었다.

충복은 여전히 의자에 찍힌 후유증에 시달리는 듯 꿈쩍도 않고 넋을 놓고 있는 중이었다.

칠호는 충복의 마음을 헤아릴 수 있었다. 지금쯤 수만 가지 생각이 머리를 떠돌고 있으리라.

'온갖 충성을 다했거늘……'

'내가 도대체 무엇을 잘못했단 말인가?'

'내 더러워서 못해먹겠다.'

'다 집어치우고 확 죽여 버릴까?'

사람이라면 마땅히 이런 생각을 하는 것이 당연했다. 그리고 녹림왕의 접근은 매우 시기적절했다. 이때는 누구라도 위로의 한마디가 필요한 것이다.

녹림왕이 곁에 이르더니 나직이 말했다.

"얼마나 마음고생이 많으신지요."

칠호와 십호는 십분 동감했다.

세상 어느 주인도 최선을 다해 연회를 준비한 자리에서 폭행을 가하진 않는 법이다. 그건 엄격한 규율을 가진 유령곡에서조차 찾아보기 힘든 일이었다.

통상 다스리는 자는 수하들의 기를 적절히 살려줄 줄 안다. 뛰어난 주군은 수하들을 책망할 때 자존심을 위해 폐쇄된 공간에서 호통을 치는 법이다.

게다가 저 충복의 겨우, 그 무위가 절세적이랄 수 있거늘 녹림의 수많은 고수들 앞에서 모멸을 당했으니 제아무리 충성심이 크다 해도 자존심에 회복하기 힘든 상처를 입었다 할 수 있었다.

충복이 녹림을 바라봤다.

녹림왕이 애잔한 표정으로 보일 듯 말 듯 고개를 끄덕였다.

아네, 알아. 내가 그 마음을 어찌 모르겠나, 라는 표정이었다.

칠호와 십호는 충복이 와락 녹림왕을 껴안는 모습을 머리로 떠올리고 있었다. 그 모습에 왈칵 눈물을 쏟지 않아야 한다고 스스로에게 다짐하기도 했다.

그 순간이었다.

짜악!

충복의 손이 녹림왕의 뺨을 시원하게 걷어붙였다.

철퍼덕!

싸대기를 맞은 녹림왕이 가녀린 여자마냥 바닥에 한 손을 짚고 쓰러졌다. 다른 한 손은 맞은 뺨에 대고 있었다.

녹림왕이 그 자세로 풍천을 향해 눈을 빠르게 깜박였다.

자신이 왜 맞아야 하는지 이해할 수 없다는 얼굴이었다.

칠호와 십호도 마찬가지로 눈을 깜박였다.

눈을 감았다 뜨면 꿈에서 깬 것처럼 전혀 다른 모습이 나오길 바랐지만 달라진 건 없었다.

'도대체 왜?'

'무슨 잘못을 했다고 때리는데?'

칠호와 십호의 머리로 의문 부호들이 미친 듯이 떠다녔다.

이래선 안 되는 것이었다.

두 사람은 비록 살수의 신분이긴 해도 강호의 최소한의 도의가 무엇인지는 알고 있었다.

두 사람이 비명을 지르지 않기 위해 이를 악물고, 숨도 쉬지 않고 바라볼 때였다.

충복이 쓰러진 녹림왕을 향해 삿대질을 하며 고함을 내질렀다.

"머저리 같은 놈이 뭐라고 그러는 것이냐!"

녹림왕이 아랫입술을 깨물고 눈을 내리깔아 땅을 쳐다봤다. 가히 버림받은 여인처럼 처연하기 이를 데 없었다.

충복의 고함 소리가 이어졌다.

"오늘 일로 난 죽음도 각오했다. 아니, 죽어야 마땅하다고 생각했다. 한데 주군께서는 내 목숨을 취하지 않으시고, 기꺼이 아량을 베푸셨다. 나로선 이보다 감격스러울 수가 없거늘, 뭐라고? 마음고생이라고? 이 빌어먹을 놈아, 당장 눈앞에서 사라져라!"

이제 칠호와 십호는 이빨이 부서져라 이를 악물었다.

'그 표정이 감격이었단 말이냐.'

'도대체 왜 목숨을 취해야 하고, 왜 감격해야 한단 말이냐.'

칠호와 십호는 현실 세계에서 튕겨져 이상한 세계로 떨어져 버린 것은 아닐까 싶을 정도로 충격에 사로잡혔다.

때가 되었도다

청부의 시작부터 이상하더니만 막상 눈앞에서 확인한 지금은 더욱더 의문의 소용돌이 속으로 빠져드는 느낌이었다.
생각해 보라.
의원이 사람을 죽여달라고 한다.
녹림왕이 천천세 만만세를 외친다.
축하연에서 주군이라는 자는 충복을 의자로 찍어버린다.
충복은 그 후 감격하고 있었단다.
위로한답시고 말을 건넨 자는 싸대기를 맞고 뒹굴었다.
칠호와 십호는 도대체 이것들이 단체로 무슨 짓거리를 하는지 도무지 이해할 수가 없었다.
[이제 한바탕 소란이 일겠군요.]
십호가 전음을 발했다.
칠호는 고개를 끄덕였다.
[물론이지. 우린 뒤쪽으로 빠지도록 하자.]
녹림총채에서 녹림왕이 뺨을 얻어맞고 호통을 들었다. 제아무리 강압에 못 이겨 천천세 만만세를 외쳤기로서니 강호의 그 누구보다 열혈의 피를 지닌 녹림도들이 모른 척 이 상황을 넘길 리 없었다.
'……'
'……'
칠호와 십호는 다시금 충격에 빠져들었다.
'이 새끼들, 모른 척하고 있어.'
'뭐… 이런……'

녹림도들은 애써 눈을 내리깔고 딴청을 피우고 있었다. 몇 몇은 있지도 않은 돌을 발로 차는 시늉을 했다. 또 몇몇은 뒤돌아 헛기침을 하며 가래를 뱉어내기도 했다.

 이 상황이 알려주는 바는 명확했다.

 칠호와 십호는 서로를 마주 보며 같은 생각을 했다.

 '여러 번 처맞았구나.'

 녹림왕이 주섬주섬 일어나더니 터벅거리며 걸음을 옮겼다.

 거구의 녹림왕의 등이 유난히 작아 보였다. 쓸쓸함이 가득 배어 있었다.

 녹림도들도 하나같이 그늘진 얼굴로 각기 처소로 향하기 시작했다. 서로 말을 나누거나 눈을 마주치지 않고 그저 자리를 뜰 뿐이었다.

 칠호와 십호는 그들 사이에 묻혀 걸음을 옮기다 슬쩍 무리를 벗어났다.

 그들은 미리 파악해 둔 우물 쪽으로 방향을 잡았다. 다행히 같은 방향으로 걷는 녹림도는 단 한 명도 없었다.

 [결행하시겠습니까?]

 천천히 걸으며 십호가 물었다.

 [물론이지. 굳이 쉬운 길을 두고 어려운 길을 택할 이유는 없으니까.]

 [알겠습니다. 분위기가 묘하지만 작전 수행에는 도리어 좋은 환경이라는 생각입니다.]

 칠호가 고개를 끄덕였다.

때가 되었도다

십호의 말대로였다. 녹림에 흐르는 이 암담한 분위기는 유령곡에 있어서는 좋은 현상이었다. 녹림도들은 이미 주변에 신경을 쓸 여력이 전혀 없어 보였다. 그들은 지금쯤 신세 한탄을 늘어놓거나 차라리 일찍 자버리는 것이 낫다는 결론을 내리고 있을 것이다.

 그 증거로 우물 근처로는 개미 한 마리 얼씬거리지 않고 있었다. 이는 정녕 하늘이 반드시 애송이를 죽이겠다는 의사 표현을 한 것이나 다름없었다. 다르게 말하자면 애송이가 스스로 무덤을 팠다고도 할 수 있었다.

 우물가에 이른 두 사람은 혹시나 싶어 다시금 주변을 면밀히 살폈다. 하지만 역시 기우에 불과했다.

 칠호가 오른손을 품에 넣었다가 뺐다.

 그의 손에는 작은 목갑이 들려 있었다. 너비와 높이가 한 치밖에 안 되는 작은 상자였다.

 계획은 간단했다.

 목갑을 열고 우물에 청독초를 털어 넣는다. 이것이 계획의 전부였다. 비록 청독초의 값이 상상을 초월할 정도였지만 일급살수 한 명을 길러내는 데 청독초보다 더한 자금이 필요하다는 것을 감안할 때 이는 꽤 매력적인 작전이라 할 수 있었다.

 칠호는 흐뭇함 속에서 목갑을 열었다.

 '잘 가라.'

 청부 대상은 물론이고, 조금은 불쌍해 보이기까지 했던 녹림도 중 상당수도 죽음을 맞게 될 것이다. 아니, 내일 저녁 무렵이면 녹림 전체가 사라질 가능성도 있었다.

그만큼 청독초의 위력은 치명적이었다.

그러나 역시 가장 무서운 점이라면 독성의 잠복 기간이랄 수 있었다. 복용 후 여섯 시진(약 12시간) 동안은 어떤 외부적인 중독 현상이 나타나지 않는다. 그러나 여섯 시진이 지나는 순간 급작스럽게 독성이 발화해 일각 이내에 숨통을 끊어놓는 것이다.

그렇기에 이번 청부는 실패하기가 더 어렵다 할 수 있었고, 굳이 특급살수가 투입되지 않은 이유이기도 했다.

칠호가 막 목갑을 열고 털어 넣으려 할 때였다.

[잠시 기다리십시오.]

십호의 다급히 전음을 발했다.

칠호가 움찔하며 손을 거뒀다.

[뭐냐?]

[그, 그자입니다.]

[그자?]

칠호는 재빠르게 소맷자락 안으로 목갑을 숨기고 돌아봤다.

의문의 사내!

결코 감격해서는 안 되는 상황에서도 감격할 줄 아는 능력의 소유자, 충복이 다가오고 있었다.

칠호와 십호는 어떻게 행동해야 하는지 잘 알고 있었다.

둘은 잔뜩 기죽은 녹림도처럼 당황하고 송구한 몸짓으로 머리를 조아렸다.

"행차하셨습니까."

"물을 드시러 오셨는지요?"

"……."

풍천은 대답하지 않았다. 그저 원래 가느다란 눈을 더욱 가늘게 뜨고 손가락으로 턱을 매만지기만 했다.

잠시 침묵이 흘렀다.

찔리는 구석이 많은 칠호와 십호는 이 침묵에 목이 졸리는 느낌이었다. 무슨 말인가를 해야 한다는 강박관념이 머릿속을 날뛰어 다녔다.

가까스로 칠호가 입을 열었다.

"저희는… 갈증이 나 물을 마시러 왔습니다."

풍천이 고개를 갸웃했다. 손가락으로 턱을 매만지는 손길이 매우 느려졌다.

십호가 애써 웃음을 띠고 두레박을 던지고, 줄을 끌어당기기 시작했다.

지금으로썬 최대한 의심을 하지 말아야 했다.

이 자리만 벗어난다면 밤은 길고, 기회는 아직 많았다.

두레박이 올라왔다.

칠호와 십호는 작은 호리박을 집어 들고 물을 떴다.

칠호가 예의를 갖춰 호리박을 내밀었다.

"저기… 먼저 드시겠습니까?"

풍천이 그 특유의 무표정을 유지하며 지그시 바라봤다.

그러다 천천히 고개를 가로저었다.

칠호가 한 손으로 머리를 긁적였다.

"그럼 저희는 물을 마신 후 속히 돌아가 보겠습니다."

풍천이 이번엔 천천히 고개를 끄덕였다.

칠호와 십호가 호리박을 입에 대고 단번에 쭉 들이켰다.

"캬아, 맛이 기가 막히… 커억!"

"시원한 물줄기가 가슴까지… 끄억!"

칠호와 십호가 누가 먼저랄 것도 없이 목을 움켜쥐고 땅바닥을 구르기 시작했다.

두 사람의 안색은 순식간에 검게 변했고, 소금에 절여진 지렁이마냥 발작적으로 꿈틀거렸다.

"으어어억!"

"크윽! 사, 살려줘."

칠호와 십호가 풍천을 향해 간절히 애원의 눈빛을 보냈다.

풍천은 무심하게 그 모습을 지켜봤다.

칠호와 십호는 죽음의 그림자가 다가오는 것을 느낄 수 있었다. 하지만 자신들이 왜 이렇게 죽어야만 하는지에 대해서는 억울하고 서럽기 짝이 없었다. 우물에 독을 넣으려고 왔는데, 왜 우물에 이미 독이 들어 있단 말인가. 녹림도들이 왜 한 명도 이 근처에 얼씬거리지 않았는지, 충복이 왜 말없이 고개만 갸웃갸웃하고 있었는지 이해할 수 있었다. 하지만 이미 늦었다.

풍천은 그저 죽어가는 두 사람을 지그시 내려다봤다.

어느 순간 칠호와 십호의 움직임이 잦아들더니 더 이상 움직이지 않게 되었다.
 풍천은 그 뒤에도 턱을 수차례 매만지며 주검을 노려봤다.
 그러더니 몸을 돌려 도리도리 고개를 저었다.

第八章
안배를 향해

전전
긍긍
마교교주

일호는 제정신이 아니었다.

칠호와 십호의 활약상을 낱낱이 지켜보고 있었다.

녹림이 천천세 만만세를 외치든, 청부 대상인 애송이가 충복을 의자로 찍어버리든, 충복이 녹림왕의 싸대기를 날려 버리든 약간 놀라긴 했어도 마음이 흔들릴 정도는 아니었다.

하지만 일급살수 두 명이 우물물을 마시고 발작하다 죽은 장면에서는 차분함을 유지할 수가 없었다.

우물에 독을 타러간 놈들이 물을 마시고 죽다니!

도대체 녹림에 무슨 일이 벌어졌기에 우물물에 극독이 풀어져 있단 말인가!

이제 청부도 청부지만 조직원의 복수가 더해졌다.

특히 칠호와 십호는 그가 가장 아끼는 살수였고, 그 때문에 이번 청부에서 두 명을 지명하라는 명을 받았을 때, 일말의 망설임도 없이 칠호와 십호를 말했다.

그는 칠호와 십호와 함께라면 특급살수가 아니라도 충분히 살행을 완수할 수 있다는 것을 보여주고 싶었다.

시간은 이제 고작 자시 말!

이 밤이 가기 전에 반드시 애송이의 목을 따야 했다.

일호는 축시 말을 침투 시간으로 정했다. 사람이 가장 피곤함을 느끼는 시간이었다.

일호는 애송이가 머물고 있는 전각으로 시선을 던졌다.

비록 거리는 멀었으나 유령곡의 절기 중 흑운안법을 시전하자, 전각이 바로 눈앞에 펼쳐진 듯 선명히 들어왔다.

전각의 앞, 좌우를 살폈다.

사람의 그림자는 전무했다.

이어 전각의 지붕 위로 시선을 돌렸다.

애송이의 충복이 지붕 위에 팔짱을 끼고 서 있었다.

'후후후.'

일호는 내심 비웃음을 흘렸다. 꽤나 재미있는 놈이었다. 의자에 찍히고 감격스러워하던 놈. 지금 모습도 나름 가상해 보였으나 밤새 서 있을 수는 없을 터. 애송이가 죽고 나면 어떤 표정을 지을지 궁금했다.

시간이 흘렀다.

대략 일식경가량이 지났을까.

충복은 처음 자세 그대로 서 있었다. 팔짱을 낀 자세도 풀었다가 다시 낀 것이 아닌 처음과 다를 바가 없었다.
'후후, 꽤 버티는군.'
일호는 다시 비웃음을 흘렸다.
그로부터 다시 한 시진이 지났다.
충복은 여전히 꿈쩍도 하지 않았다. 팔짱도, 자세도 견고하기 짝이 없었다. 한 번쯤 앉았다 일어설 법도 하건만 미동도 없었다. 선 채로 눈뜨고 잠이 들었나 싶었지만 미세하게 고개가 조금씩 돌아가는 것이 보였다.
'보통 놈이 아니라는 건 인정해야겠군.'
이러다 속절없이 날이 샐 것 같았다. 이제 누가 더 인내하느냐의 문제였다.
하지만 인내라면 일호는 누구에게도 뒤지지 않을 자신이 있었다. 청부를 완수하기 위해 악취가 진동하는 뒷간에 이틀간 꿈쩍도 않고 버틴 적도 있었다.
다시 반 시진이 지났다.
침투 예정 시간은 이미 지나고 말았다. 그러나 이쯤이면 충복 놈도 슬슬 지쳐 갈 때였다.
아니나 다를까, 충복이 지붕 위에서 훌쩍 뛰어내렸다.
'흐흐, 그럼 그렇지. 네놈이라고 별수있겠느냐.'
일호는 쾌재를 불렀다.
아직 청부를 끝내지 않았지만 이미 승리한 기분이었다.
충복은 전각을 한 바퀴 빙 둘러보고는 그 자리를 떴다.

일호는 숫자를 백부터 거꾸로 헤아리기 시작했다. 중요한 순간일수록 서두르지 않는 것이 뛰어난 살수의 기본 소양이었다.

 '이십삼, 이십이… 십칠… 십삼… 십이…….'

 하나가 되는 순간 바람처럼 스며들 것이다. 곤히 잠들어 있는 애송이의 목에 검을 박아 넣는다. 동공이 확장되고 옅게 바람 빠지는 소리를 내며 세상과 작별하는 모습이 눈앞에 선명히 떠올랐다.

 '육, 오, 사, 삼, 이…….'

 회심의 미소와 함께 일호가 몸을 일으켰다.

 '일.'

 바로 그때였다.

 "뭐 하냐?"

 일호는 갑자기 들려온 소리에 화들짝 놀라 팅기듯 뒤로 물러났다.

 충복이었다. 일호는 자신이 방금 전까지 웅크리고 있던 지점에 우뚝 선 충복을 경악스럽게 바라봤다.

 "어, 어떻게?"

 냉정함을 유지하려고 했지만 실패했다.

 풍천이 말했다.

 "왜 웅크리고 실실거리며 웃고 있었지?"

 "흐음……."

 일호로서는 할 말이 없었다. 도대체 이놈이 언제부터 지켜봤는지 머리만 복잡해졌다.
 풍천이 슬쩍 고개를 갸웃했다.
 "혹시 너도 우물물 마시러 왔나?"
 "아니다. 난 그저……."
 일호는 불쑥 대답하다 뭔 짓인가 싶어 말을 줄였다.
 풍천이 슬쩍 한쪽 입가를 말아 올렸다.
 "주군의 목숨을 취하려고 했다?"
 대답은 하나마다였다. 일호는 지금 복면을 쓰고 있었고, 온통 야행복으로 몸을 감싸고 있었다. 어쭙잖은 변명을 할 처지가 아니었다.
 "도대체……."
 풍천이 말을 끌었다.
 일호가 눈빛을 빛내며 풍천을 노려봤다.
 풍천이 말을 이었다.
 "…언제쯤 오려나 한참이나 기다렸다."
 "……?"
 일호의 눈이 커졌다. 목젖도 절로 일렁였다.
 "날이 샐 때까지 기다릴 참이었나?"
 "……."
 "왜 머뭇거린 것이냐?"
 "……."
 "누가 보냈지?"
 "말할 수 없다."

"그럼 알아서 자결하라."

일호가 검을 뽑아 들었다.

"헛소리! 네놈과 함께 저승길을 가주마."

"훗!"

풍천이 김빠진 웃음소리를 냈다.

"본 교의 살수는 아니로군. 이쯤 되면 알아서 죽어야 하거늘. 쯧쯧쯧, 어떤 곳인지 정신교육이 형편없군."

"네놈이 감히!"

일호는 검을 곧추세우고 풍천을 향해 신형을 날렸다.

"쯧! 살수가 정면승부라니."

허 차는 소리가 끝나기도 전에 일호의 검은 풍천을 꿰뚫었다. 눈이 부실 만큼 극쾌의 검법이었다.

'별것 아니군.'

일호의 눈이 희열로 일렁였다. 그러나 곧 그의 눈은 당혹으로 물들었다. 살을 파고드는 감촉이 없었다.

옆면에서 한소리 호통이 터졌다.

"느려!"

일호가 번개같이 신형을 틀어 소리를 쫓아 쾌검을 날렸다.

스윽!

일호의 검이 풍천의 명치를 꿰뚫었다. 일호는 눈으로 그것을 확인했다. 그때 낯선 감촉이 양 볼에 느껴졌다. 두 개의 손바닥이었다.

"느리다고 했을 텐데."

일호의 동공이 크게 확대되었다. 검은 명치가 아닌 옆구리의 옷자락을 파고들었을 뿐이다.

이윽고.

뚜드득!

풍천이 시원스럽게 일호의 목을 돌려 버렸다.

"크아아악!"

비명과 함께 일호는 검을 떨어뜨렸다. 고통도 잠시, 그는 어느새 자신이 뒤를 돌아보게 되었다는 것을 알 수 있었다. 목이 돌아갔다. 마치 꿈처럼.

"소속은?"

풍천이 무심히 물었다.

"말할 수 없다."

뚜드득!

"끄악!"

풍천이 다시 목을 돌렸다. 일호의 모가지는 다시 원 위치로 돌아왔다. 순간적으로 말로 형용하기 힘든 고통이 찾아왔다.

"소속?"

"……"

일호가 입술을 깨물었다.

뚜드득!

모가지는 다시 뒤로 돌아갔다.

"끄아악!"

"청부자는 누구냐?"

"말할 수 없… 끄악!"

일호의 목은 다시 앞으로!

그 뒤로 동일한 상황이 반복되었다.

풍천은 묻고, 일호는 단말마의 비명을 질렀다.

그렇게 일곱 차례 모가지가 돌아갔다가 돌아왔다.

일호는 진짜 울고 싶었다. 이러다 목의 관절이 닳아 없어져 버릴 것만 같았다. 이번 청부는 일급살수들이 감당할 수 없는 것이었다. 일급살수들로서는 불꽃에 뛰어드는 나방 이상도 이하도 아니었다.

일호는 이제 한계점에 다다랐다.

상대는 매우 근면성실한 놈이었다. 이놈은 꾸준함이 무엇인지 잘 알고 있었다. 아침 해가 솟고, 해가 다시 중천에 이를 때까지 목을 돌리고 다시 원래대로 해놓길 반복하는 것을 지겹다고 생각지 않을 인간이었다.

일호는 인정해야 했다.

무공도 강한데다 성실한 놈을 감당할 자는 세상에 없다.

결국 자신은 굴복해 입을 열게 될 것이다. 그리고 죽음에 이를 것이다. 결과가 그렇다면 굳이 고통을 감당하며 버티는 것은 의미가 없었다.

"소속?"

다시 풍천이 물었다.

어느새 스무 번가량 목이 돌아갔다가 돌아온 상태였다.

일호가 막 입을 열려 할 때였다.

"말하지 않겠지?"

뚜드득!

"끄아악!"

"좋은 자세다. 이 정도는 버텨야지. 자, 그럼 다시 간다."

일호는 마음이 급했다. 이놈은 이제 대답을 들을 생각이 없어지는 모양이었다. 목을 돌리다 보니 이거 꽤 재밌는데, 라는 식으로 즐기고 있는 것도 같았다. 점점 시간이 지날수록 말할 기회조차 얻지 못할 가능성이 높아지고 있었다.

아직까진 목이 돌아간 상태에서도 말하는 데는 지장이 없었지만—일호는 이것도 신기할 따름이었다—하염없이 돌아가다 보면 말조차 못하게 될 가능성이 높았다.

"소속?"

"유령곡!"

풍천의 손아귀에 힘이 들어가기도 전에 일호는 혀를 쾌검처럼 놀려 대답했다.

"유령곡? 청부자는?"

"와선신의."

주어나 서술어 따위를 말할 겨를은 없었다.

"흠, 와선이라……."

풍천이 일호의 목을 놓았다.

일호의 목은 뒤로 돌아가 있었다. 그리고 이제 일호는 죽을 수 있다는 사실에 가슴 밑바닥에서부터 희열을 느꼈다. 죽이기만 했던 자신이 죽을 수 있다는 것에 감사하게 될 줄은 꿈에도 생각지 못했지만 현재의 마음은 그랬다.

"못난 놈! 고작 이 정도의 고문에 술술 입을 나불대다니. 유령곡이라고 했나? 정녕 엉터리 같은 놈들이로군. 쯧쯧쯧."

풍천이 혀를 찼다.

일호는 왈칵 눈물을 흘릴 뻔했다. 고문을 해서, 너무 힘들어서, 그래서 사실대로 말했는데, 죽는 것도 기쁘게 받아들이려고 했는데, 못난 놈이니 엉터리 같다는 말을 듣자 서러움이 복받쳤다.

풍천은 혀를 찬 다음 턱을 매만지며 주변을 거닐며 혼잣말로 중얼거리기 시작했다.

"그나저나 와선신의라니 의외로군. 병을 고쳐 주고, 다시 죽이려 들다니. 이해할 수 없는 자가 아닌가. 주군께서 친히 고맙다는 말씀을 전하겠다고 하셨거늘……"

일호의 눈이 커졌다.

와선신의가 병을 고쳐 주었다는 말은 듣지 못했기에 도대체 이 청부의 목적이 무엇이었나 한순간 멍해져 버렸다.

"너는 돌아가도록 하라."

일호의 눈이 더욱 커졌다.

"네?"

자신도 모르게 반문했다.

풍천이 나직이 뇌까렸다.

"오늘의 주군의 생신! 이 은총의 날 감히 주군을 시해하려든 것이 괘씸하긴 하나 또한 은총의 날이기 때문에 살인을 저지를 순 없다. 우물물을 마신 놈들은 알아서 죽은 것이니 내 알 바 아니고, 네놈도 알아서 자결했다면 좋았겠으나 끝까지 버티고 나불거리기까지 했으니 네놈이 행운아인 게지."

일호는 머리가 복잡해졌다. 이유라는 것이 그럴싸해 보이는 것 같기도 하고 말이 안 되는 것 같기도 해 정리가 되질 않았다. 기뻐해야 하는지, 서러워해야 하는지 판단이 어려웠다.

"너는 돌아가서 고하라. 유령곡인지 귀신곡인지 다시 주변에 얼씬거린다면 그땐 존재 자체가 사라질 것이라고. 참고로 주군의 생신은 일 년에 하루뿐이라는 것도 꼭 전하도록."

그 말을 끝으로 풍천이 연기처럼 사라졌다.

일호는 덩그러니 남아 입술만 깨물었다.

곧이어,

"씨발 놈."

눈물이 저절로 흘러내렸다.

기뻐할 수가 없었다. 서러움이 맞았다.

그냥 죽일 것이지 자존심에 셀 수 없는 상처만 남았다.

그는 엉거주춤 몸을 굽혀 떨어뜨린 검을 거둬들였다.

녹림총채 쪽을 흘깃 쳐다봤다. 녹림의 심정이 이러할까.

그는 이어 자신의 몸을 내려다봤다. 발뒤꿈치가 보였다. 절로 한숨이 터져 나왔다.

"휴우, 뒤로 뛰어야 하나……."

아침 해는 아직 떠오르지 않았다.

그러나 도유강은 이미 의복을 갖춰 입고 있었다.

오늘은 인생에 있어 그 어느 때보다 뜻 깊은 날이었다.

자유를 향한 첫걸음!

그동안의 고난에 대한 보상이 이루어지는 날!

마교 교주라는 무거운 짐을 내려놓는 날!

도유강은 그와 같은 생각에 설레는 마음을 가누기가 힘들 지경이었다.

비록 간밤에 죽음의 고비를 넘겼지만 그것조차 일어나서 생각해 보니 미리 액땜을 한 것이 아닌가 싶었다.

애써 마음을 다독이며 풍천이 들어오길 기다렸다.

이럴 줄 알았으면 해가 뜨기 전에 오라고 할 걸 그랬나 하는 생각이 들어 속으로 피식 웃고 말았다.

그때였다.

"주군, 편히 주무셨는지요?"

문이 열리며 풍천이 공손히 머리를 조아렸다.

도유강이 고개를 끄덕이고 말했다.

"늦지 않게 왔구나."

"어제는 저의 불찰로 주군을 위험에 빠뜨렸습니다. 용서하십시오."

도유강은 대수롭지 않다는 듯 고개를 저었다.

"이미 다 지난 일이다. 자리에 앉아라."

"감사합니다."

풍천이 맞은편 의자에 앉았다.

"주군, 새벽에 작은 소동이 있었습니다."

"소동?"

도유강의 반문에 풍천은 와선신의의 청부로 유령곡의 살수가 잠입했던 간밤의 상황을 설명했다.

"흐음, 그랬었구나."

도유강은 그저 고개를 끄덕였다. 놀라거나 눈이 동그래지지도 않았다. 마교의 고수도 아닌 강호의 일반 살수 조직 정도에 호흡이 가빠지기엔 지나온 역경이 가볍지 않았다.

도유강이 말했다.

"와선신의가 마음이 많이 상한 모양이로구나. 하긴 고문을 통해 억지로 해약을 만들었으니 그런 생각을 할 만도 하겠지. 목숨을 구함받았어도 마음이 편치 않구나."

"그래서 세 명의 살수 중 하나는 살려서 보냈습니다. 원래 계획은 천지간에 복된 지존의 생신이시니만큼 그 큰 뜻을 기념하는 의미로 모두 살려 보내려 했습니다. 그러나 셋 중 두 놈이 우물가로 가서는 물을 마시려는 것이 아니겠습니까? 저는 두 놈에게 고개를 연신 갸웃거리며 신호를 보냈습니다. 하지만 놈들은 거침없이 우물물을 마셔 버려 스스로 목숨을 끊고 말았습니다."

도유강은 실소를 머금었다.

'결국 빤히 바라보기만 했다는 것이로군.'

그래도 사람을 살려 보냈다는 것은 고무적인 일이었다. 사람을 안 죽이면 살 수 없는 병에 걸린 자처럼 거침없는 풍천이 아니던가. 나름 굉장한 인내심이 필요했으리라.

그러나 또 한편으로 생각하자, 살려 보낸 자가 살수라는 것이 마음에 걸렸다.

'너무 여유를 부린 것이 아닌지 모르겠군. 아니, 아니지. 이런, 내가 지금 무슨 생각을 하고 있는 걸까. 살인하지 않은 행동을 기특하다고 여겨야 마땅하거늘.'

도유강은 스스로를 꾸짖었다. 아무리 적이지만 사람의 목숨을 너무 쉽게 생각하고 있는 스스로의 모습이 문득 낯설기 짝이 없었다.

곧 안배의 무공을 얻게 될 터이고, 그다음엔 살수를 굳이 두려워할 필요도 없어지는 것이다.

"좋은 처신이었다. 이미 지난 일은 어쩔 수 없지. 오태산에 남겨두신 안배에 대해 이야기해 보아라."

"존명!"

풍천이 씩씩하게 대답했다.

이어 품에 손을 넣었다 뺐다. 붉은색 막대기가 나왔다. 크기는 고작 중지 정도에 불과했다.

풍천이 막대의 양끝을 잡더니 바깥으로 잡아당겼다.

차르륵!

경쾌한 소리와 함께 막대의 길이가 두 자 길이로 늘어났다.

다시 딸각 하는 소리가 나면서 막대가 활짝 펼쳐졌다.

그것은 두루마리 족자가 펼쳐진 것과 흡사했다.

한 폭의 지도였다. 지형지세가 세밀히 묘사되어 있었다. 섬세한 붓으로 정성스레 작업했음을 알 수 있었다.

 도유강은 감탄하는 마음이 들었으나 이내 부아가 치밀어 오르는 것을 참을 수 없었다.

 이 안배는 아버지가 자신을 위해 준비한 것이었다.

 그건 곧 이 비밀 지도 또한 자신의 것이란 뜻이었다.

 그런데 풍천은 무슨 기득권을 쥔 자처럼 그동안 '때', '때'만 부르짖으며 감춰온 것이다. 생각하면 할수록 괘씸하기 이를 데 없었다.

 풍천이 도유강의 표정이 미묘하게 변한 것을 보더니 얼른 입을 열었다.

 "그동안 말씀드리지 못한 점 용서하십시오. 아수라천마께서는 주군이 열아홉이 될 때 안배를 얻어야 한다고 수차례 제게 다짐을 시키셨습니다."

 "왜 열아홉인 것이냐?"

 "그 깊은 뜻까지는 소인이 헤아리지 못하였습니다."

 도유강은 수긍할 수밖에 없었다.

 비록 풍천의 괴능력 중 멋대로 말을 지어내는 능력이 있긴 했지만 아버지를 들먹이면서까지 헛소리를 할 인간은 아니었다.

 "그 안배란… 무공이겠지?"

 도유강은 괜한 일로 시간을 끌고 싶지 않았다.

 중요한 것은 절세의 신공을 얻느냐, 못 얻느냐 하는 것이었다.

"무공입니다."

도유강은 일순 환하게 웃음을 머금었다.

당연하다 생각했다. 하지만 확언을 듣자 마음이 날아갈 것 같았다.

드디어 자유의 날이로구나.

평생의 장애물!

최강의 적!

풍천이란 이름을 가진 절세고수!

이놈의 자식을 물리칠 수 있게 된 것이다.

도유강이 이 자리에 혼자만 있었다면 덩실덩실 춤이라도 추고 싶었다.

풍천도 옅게 미소를 띠고 있었다.

'그래, 풍천. 웃거라. 마음껏 웃어둬.'

도유강은 내심 조소를 머금었다.

동상이몽.

풍천은 자신을 앞세워 마교를 되찾고, 천하 제패를 이루는 꿈을 꾸고 있으리라. 하지만 그것은 말 그대로 꿈에 불과하게 될 것이다.

안배를 통해 힘을 얻는 순간, 풍천의 꿈은 사라지고 자신의 꿈은 현실이 될 것이다.

도유강은 마음 깊이 다짐했다. 반드시 그렇게 되도록 만들고 말겠노라고.

"주군, 이곳을 보시지요."

풍천이 손가락으로 지도의 중간 부분을 가리켰다.

풍천이 말을 이었다.

"이곳이 바로 현재 주군께서 머무시는 곳입니다."

"안배의 장소는?"

"이곳입니다."

풍천의 손가락이 지도상 북동쪽으로 이동했다.

거기엔 붉은 횃불 표시가 그려져 있었다. 현 위치에서 네 개의 봉우리를 지나 다섯 번째 봉우리로 지주봉(蜘蛛峰)이라는 글씨가 보였다.

"지주봉? 봉우리가 거미 형상을 띠고 있다는 것이냐?"

봉우리 이름치고는 특이했다.

호랑이 형상, 거북이 형상 등 각기 여러 짐승의 형상을 따라 봉우리 이름을 정하는 경우가 흔하다곤 해도 거미의 형상이라면 어떨지 바로 떠오르지 않았다.

"거미 형상은 아니었습니다. 부근에서 유독 많은 거미를 볼 수 있었는데 아마 그 때문이 아닌가 싶습니다."

"이미 가본 모양이로구나."

"대산에 있을 때 네 차례 방문했고, 녹림에서 주군과 함께 머물면서 소인이 한 차례 다녀온 적이 있었습니다."

"안배에 대해 자세히 말해보아라."

"지주봉 정상에서 절벽 아래로 한참 내려가다 보면 숨겨진 동혈이 하나 있습니다. 벼랑의 중간쯤 위치한 곳입니다. 기문진법으로 가려져 눈으로는 볼 수 없는 동혈입니다. 하지만 이미 그 위치며 기문진법을 해제하는 법은 파악해 둔 상태입니다."

"안으로 들어가 보았느냐?"

이야기가 구체화되자 도유강은 심장이 두근거렸다.

"잠깐이었지만 진법을 해제한 후 들어가 보았습니다."

"어떤 무공이더냐?"

"죄송합니다. 상세한 무공을 엿보는 건 무례한 처사라 여겨 주변을 훑어보는 것이 고작이었습니다. 특이한 점을 말씀드리자면 내부에 거대한 크기의 거미 사체가 허공에 매달려있었습니다."

"거대한 거미라……."

도유강은 흡족히 고개를 끄덕였다. 기이한 거미가 있다는 것만으로도 어쩐지 신비스럽게 느껴지고, 안배된 무공이 절세적일 것이란 생각이 들었다.

또한 풍천이 무공을 엿보지 않았다는 것도 역시 풍천답다고 생각했다. 풍천이 아닌 다른 누구였다면 신공에 눈이 어두워져 그 안배를 취하려 들었을 터인데 풍천은 그것을 무례하다고 생각한 것이다.

이제 길은 확연히 드러났다.

굳이 머뭇거릴 이유가 없었다.

"아침 식사 후 곧바로 출발하도록 하겠다."

"존명!"

오전 식사는 언제나처럼 같은 구성원이 자리를 함께했다.

그러나 한 식탁에 둘러앉아 있음에도 한쪽은 햇볕이 드는 양달이고, 또 다른 한쪽은 응달인 양 묘한 대조를 보였다.

안배에 꿈이 부푼 도유강과 풍천에겐 햇살!

녹림왕과 손약란, 은염교는 북풍한설!

특히 녹림왕은 밤잠을 거의 못 잔 사람처럼 수척한 모습이었다.

실제로도 그는 간밤에 수하들 앞에서 모욕을 당한 것 때문에 뜬눈으로 밤을 지새웠다. 가까스로 잠이 들려던 새벽녘에는 아스라이 비명 소리가 연신 이어져 또 어디선가 풍천이 수하들을 반 죽여놓는구나, 라며 울분을 토해야 했다.

녹림왕이 이러하니 손약란과 은염교도 얼굴이 좋을 리 없어 그늘이 가득했다.

"요리는 훌륭한데 다들 힘이 없어 보이는군."

흐뭇하게 미소까지 머금고 도유강이 말했다.

도유강은 지난밤 의자로 풍천을 찍어버린 뒤 곧바로 처소로 들어왔고, 그 때문에 풍천이 녹림왕의 싸대기를 날린 것을 보지 못한 터였다.

그저 녹림왕이 신분에 걸맞지 않게 천천세 만만세를 외친 것으로 의기소침해 있다고만 짐작할 따름이었다.

그러나 도유강 입장에서 녹림은 전혀 우울해할 필요가 없었다. 오늘은 그들에게 그 무엇보다 큰 선물을 줄 생각이었기 때문이다.

"모두 그동안 고생이 많았다."

문득 들려온 목소리에 녹림왕 등이 의문에 찬 눈으로 바라봤다.

도유강은 여유있게 웃어 보였다.

"나와 풍천은 오늘 녹림을 떠날 것이다."

녹림은 안배의 장소에 거하고 있다는 이유만으로 그동안 여러모로 고생이 많았다. 게다가 와선신의를 설득한 것도 녹림이 아니던가.

선물을 주는 도유강은 기쁘기 그지없었다.

"그, 그게 정말이십니까?"

녹림왕이 더듬거렸다.

감격에 겨워 표정 관리가 전혀 되지 않고 있었다.

도유강은 고개를 끄덕여 주었다.

"주군아."

손약란도 눈물을 글썽거렸다.

아쉬워서가 아니란 것은 잘 알고 있었다. 그녀 역시 감격에 겨운 것이다. 아마 속으로는 '드디어 이 지긋지긋한 새끼들하고 작별이구나' 라며 쾌재를 부르고 있으리라.

도유강은 역시 손약란을 향해서도 고개를 끄덕여 주었다.

고생이라는 측면에서 볼 때 다른 누구보다 극심한 가시밭길을 걸은 것이 손약란이었다.

비록 쌍욕으로 인해 매를 번 것도 여러 번이었지만 그것을 감안하더라도 그녀는 알몸으로 벗겨지는가 하면, 가슴이 주물

려지기도 했고, 모가지도 수차례 돌아갔다. 심지어 여인의 몸으로 똥도 두 번이나 쌌다.

도유강은 웃음이 나려는 것을 억지로 참았다.

당시엔 결코 웃을 수 없었던 일이지만 지금 생각해 보니 절로 웃음이 터져 나오려 했다.

녹림왕과 손약란이 감격에 겨운 말을 끝내자, 이번엔 은염교가 자기 차례가 된 것을 알고 입을 열었다.

"가까운 시일 내에 꼭 다시 찾아주십시오. 꼭입니다."

순간 식탁 주변으로 살기가 치솟았다.

녹림왕과 손약란이 거의 죽일 듯이 은염교를 노려봤다.

눈빛만으로는 은염교는 이미 죽은 것이나 다름이 없었다. 은염교는 모가지를 어깨 사이로 집어넣으려고 안간힘을 쓰고 있었다.

"후후후."

도유강은 절로 웃음이 났다.

만약 데리고 다니는 수하가 은염교였다면 풍천과는 또 다른 의미에서 복창이 터졌을 것 같았다.

그때 가만히 듣고 있던 풍천이 불쑥 입을 열었다.

"주군, 녹림을 어떻게 하실는지요?"

담담한 음성이었다. 하지만 '어떻게?' 라는 단어가 주는 의미가 몇 가지 안 되는데다 그 말을 한 자가 풍천이라는 점에서 녹림왕과 손약란, 은염교의 안색이 파리해져 버렸다.

"어떻게 하다니?"

도유강이 엄하게 되물었다.

"주군, 이제 녹림을 떠나는 마당입니다."

"그래서?"

"주군의 천하 제패에 별 소용이 없다면 모두 죽여 버리는 것이 낫겠다는 것이 소인의 생각입니다."

녹림왕 등의 안색은 이제 하얗게 질려 버렸다.

나름 따스한 화기가 감돌던 분위기가 그야말로 급속도로 얼어붙었다.

다른 누군가가 이런 말을 꺼냈다면 꽤 지독한 농담이라거나, 괜한 트집을 잡는다고 핀잔을 줄 수도 있겠지만 풍천의 말은 신뢰도가 최상이었다.

돌려 말하거나 농담은 애초에 없다.

한다면 하는 것이고, 죽인다면 다 죽는 것이었다.

가을철 벼 베듯 썰어버린 뒤, '흠, 오늘 일은 여기까지인가'라는 말을 태연히 늘어놓을 인간이었다.

이제 세 사람의 시선은 애원하다시피 도유강에게로 향했다.

도유강의 한마디면 녹림은 지상에서 사라지는 것이다. 어제 의자로 찍어버린 그 괴팍함이 드러난다면 최악이었지만 변덕을 믿어봐야 했다.

도유강이 버럭 외쳤다.

"무슨 흰소리냐! 녹림은 지난밤 천천세 만만세를 외치기까지 했다. 그 충성된 모습을 보고도 그들을 모조리 죽인다면 도대체 우리 앞길에 살아 있는 사람을 보기나 하겠느냐! 게다가 오늘은 본좌가 세상에 태어난 날이다! 이날을 기념하여 네 입으로 살인을 하지 않겠다고 했거늘 다시 손바닥 뒤집듯 말을 바꾸는 건 나를 모독하겠다는 뜻이렸다!"

풍천이 바로 고개를 숙였다.

"주군, 소인은 오늘이 아니라 돌아와서 죽여 버릴 생각이었습니다."

"이놈!"

"주군의 뜻에 따르겠습니다. 소인이 어리석었습니다."

녹림왕 등의 굳어진 안색이 비로소 풀어졌다.

하지만 어찌나 긴장하고 있었는지 그들의 얼굴엔 생기라곤 찾아볼 수 없을 지경이었다.

도유강이 말했다.

"작별하는 마당에 분위기가 마음에 들지 않는군. 다 지난 일이라고 생각하고 모두 잊도록 하라."

그러나 녹림왕과 손약란, 은염교의 안색은 곧바로 회복되지 않았다.

풍천이 고함을 내질렀다.

"주군의 말씀이 들리지 않는단 말이냐! 웃어라!"

녹림왕과 손약란, 은염교가 단박에 환한 웃음을 지었다.

생명의 소중함이 마음을 배신했다.

도유강이 풍천을 보며 내심 한숨을 내쉬었다.

도유강이 말했다.

"풍천, 떠나기 전에 왕유옥의 몸을 제 상태로 돌려놓도록 해라."

"존명!"

풍천이 순순히 대답했다.

녹림왕의 얼굴에 진심 어린 미소가 떠올랐다.

도유강은 그 모습을 보며 매일 매일이 생일이었으면 좋겠다고 생각했다.

도유강과 풍천이 어깨를 나란히 하고 신형을 날렸다.

그 뒤안길에 녹림왕은 공손히 머리를 조아리고 있었다.

녹림왕 뒤쪽으로는 전 녹림도가 거의 구십 도에 가깝게 허리를 숙이고 있었다.

아스라이 두 사람의 형체가 더 이상 보이지 않게 되었다.

그러고도 한참이나 지났을 때 녹림왕이 조심스럽게 고개를 들었다.

혹시 몰라 사방을 멀리까지 샅샅이 훑어봤다.

"휴우, 갔구나."

한숨을 내쉰 녹림왕이 손을 번쩍 들어 외쳤다.

"창고에 있는 모든 소금을 산 곳곳에 뿌려라! 아끼지 말아야 할 것이다!"

* * *

그로부터 반 시진 뒤, 도유강과 풍천은 지주봉 정상에 섰다.

한 걸음만 내디디면 끝없는 낭떠러지로 추락하고 말 위치였다.

휘이이잉~

한줄기 바람이 불어와 두 사람을 스치고 지나갔다.

펄럭인 옷자락이 가라앉았다.

풍천이 입을 열었다.

"주군, 준비되셨는지요?"

"물론."

도유강이 고개를 끄덕였다.

"그럼 출발하겠습니다."

풍천이 왼손으로 도유강의 허리를 감고는 절벽 아래로 훌쩍 뛰어내렸다.

"후읍!"

가공하리만치 빠른 추락 속도였다. 세찬 바람이 입과 코로 밀려들자, 도유강은 숨을 멈췄다.

머리카락은 위로 솟구치고, 얼굴의 볼살이 부르르 떨면서 말려 올라갈 정도였다.

그럼에도 도유강은 비명을 내지르진 않았다.

그동안의 험악한 시간들이 헛된 것만은 아니었다. 정도의 차이가 있을 뿐, 풍천에게 매달린 것이 한두 번이던가. 이젠 면역성이 제대로 갖춰졌다.

가깝게는 항산에서 포대에 싸인 채 이보다 더한 급회전을 경험한 바가 있었다.

"주군, 거의 도착했습니다. 충격이 있을 수 있으니 대비해 주십시오."

바람 소리가 폭풍 같았으나 풍천의 음성은 그 와중에도 뚜렷하게 들려왔다.

스릉!

풍천이 검을 뽑아 들고 암벽에 가져다 댔다.

카르르릉~

빠른 속도 탓에 검과 암벽이 부딪치며 그 마찰로 불꽃이 일었다. 마찰력으로 낙하 속도가 줄어들었다.

그 틈을 타고 풍천이 한줄기 기합성을 토해내며 한순간 검을 거뒀다가 쭉 뻗었다.

"하압!"

푸욱!

마치 두부에라도 박힌 듯 검이 검 자루만 남겨놓고 박혔다.

풍천과 도유강의 몸이 한 자루의 검에 의지해 허공에 우뚝 멈췄다.

도유강은 비록 충격을 받긴 했으나 속도가 줄어든 데다 풍천이 기합성으로 신호를 한 덕분에 미리 대비할 수 있어 급정지에도 불구하고 목이 꺾이는 불상사는 면할 수 있었다.

"주군, 송구합니다만 소인의 허리를 양팔로 단단히 붙들어 주십시오."

도유강은 즉시 풍천의 말을 따랐다.

풍천의 한 손은 검 자루를 쥐고 있었고, 이른 아침의 설명대로라면 이제 남은 손으로는 암벽에 설치된 기문진법을 해제해야 하는 것이다.

도유강은 이토록 험한 벼랑 중간 정도에 도대체 어떤 수단으로 진법을 펼쳐 두었는지 신기할 따름이었다. 문득 호기심이 일어 풍천의 검이 박힌 자리로 시선을 던졌다.

순간 도유강의 눈이 경악으로 물들었다.

"헉! 으악!"

검이 박혔다고 생각한 곳은 허공이었다.

분명히 검이 박히는 소리도 들었거늘 정녕 눈으로 보고도 믿을 수 없는 광경이었다.

지상에서 이삼 장 정도라면 신통하구나, 라며 여유를 부리겠지만 지금의 위치는 이대로 추락한다면 뼈도 못 추릴 만큼 높았기에 도유강의 간은 콩알보다도 더 작아져 버렸다.

풍천이 말했다.

"주군, 진법이 만들어낸 환상일 뿐입니다. 잠시만 기다려 주십시오."

풍천이 오른손을 뻗어 장력을 빠르게 다섯 차례 날렸다.

펑! 펑! 퍼엉! 펑! 펑!

한 방향이 아니라 각기 좌우, 상하, 지점이 달랐다.

또한 장력이 이른 곳은 모두 허공이었다.

그러나 잠시 후 허공에 변화가 일기 시작했다. 그건 마치 봄날 아지랑이가 피어나는 것과 같기도 하고, 공간이 일그러지는 것 같기도 했다.

소리는 전혀 없었지만 어쩐지 도유강의 귀엔 쏴아아아, 하는 음향이 들리는 것 같았다.
 이윽고 새로운 광경이 모습을 드러냈다.
 검이 박혔던 곳도 이제 허공이 아닌 암벽이었다.
 시선을 아래로 던지니 발 아래쪽에 거대 괴물의 입처럼 동굴의 입구가 드러났다.
 "주군, 입구로 내리겠습니다."
 스윽!
 풍천이 검을 뽑고는 신형을 날려 동굴 입구에 내려섰다.
 핑!
 풍천이 입구 천장 쪽을 향해 지풍을 날렸다.
 변한 것은 없었다. 여전히 입구는 환하게 열려 있었다.
 "외부에서는 볼 수 없게 해두었습니다."
 도유강은 고개를 끄덕이고, 동굴을 빙 둘러봤다.
 입구부터 넓은 이 동굴은 열 걸음 너머부터는 야명주가 빛을 내고 있었다. 마치 길을 쉽게 찾도록 야명주가 방향을 지시하는 듯 보였다.
 야명주의 값어치가 상상을 초월하는 만큼 만약 무공에 뜻을 두지 않는 자가 야명주만 취한다 해도 자자손손 영화를 누릴 수 있을 듯싶었다.
 "드디어 오게 되었구나."
 도유강이 감회에 젖은 목소리를 냈다.
 "주군, 이제부터 시작입니다. 강호는 주군의 것입니다."

도유강은 고개를 끄덕이며 내심 중얼거렸다.
'그래, 이제 시작이지. 내 삶의 시작!'

     *   *   *

지주봉 위에 한 아이가 서 있었다.
얼굴엔 수심이 가득했다.
"도대체 무슨 짓인지 이해할 수가 없군."
전광동자는 벼랑 아래쪽을 내려다봤다. 까마득히 벼랑이 이어지고, 땅이 보이지도 않을 지경이었다.
녹림도들이 작별 인사를 하는 것을 지켜봤다.
그래서 당연히 오태산을 떠날 것이라고 생각했는데, 두 사람은 이 봉우리에서 훌쩍 뛰어내리고 만 것이다.
그동안 서로 사랑하는 마음이 생겨서 동반자살했다?
마교에 대항하는 것이 벅차 포기하자고 생각한 것일까?
모두 개소리다. 망상이란 이런 것이지, 라며 전광동자는 고개를 가로저었다.
의문은 여전히 남아 머리에 두통을 일으켰다.
오태산에는 왜 온 것일까?
처음 생각은 녹림을 기반으로 세력을 일으켜 마교를 대적하려나 싶었다. 하지만 녹림과는 깨끗이 작별을 고하고 말았다. 녹림도들이 엄청난 분량의 소금을 뿌리는 것도 목격했다. 그 멍청한 놈들이 소교주와 풍천이 아직 오태산에 머물고 있다는 것을 알게 되면 어떤 표정을 지을지가 궁금했다.

전광동자가 털썩 자리에 주저앉았다.

"그나저나 대산에서는 왜 이렇게 소식이 없는 거지?"

혈표를 보내 연락을 취하고, 후속 보고도 자신이 직접 올리기까지 했다.

만리혈향까지 몸에 남긴 터인데, 아직까지 지원대가 오지 않고 있었다. 여러모로 이해하기 힘든 일투성이였다.

계획이 수정되었다면 수정된 대로 연락이 와야 했다.

또 지원대가 온다면 적어도 삼군이나 오마신 정도는 투입되어야 할 일이었다.

그러다 한순간 전광동자의 눈이 멍해져 버렸다.

"이런! 놓쳤나?"

절벽을 타고 뛰어내린 것이 따돌리기 위한 것이었다면 엄청난 실책을 범한 셈이다.

전광동자의 얼굴이 하얗게 변해 버렸다.

일말의 망설임도 없이 전광동자가 절벽 아래로 신형을 날렸다.

第九章
지주현공

전전긍긍
마교교주

동굴을 따라 이각여 정도 걸었을까.
풍천이 말했다.
"주군, 이제 곧 도착합니다."
도유강이 내심 이대로 끝없이 길만 이어지는 것이 아닌가 하는 의구심을 가지던 때다.
풍천의 말대로 동굴의 막다른 길에 이르렀다.
눈앞에 거대한 석벽이 가로막고 섰다.
석벽의 전면에는 거미 문양이 정교하게 각인되어 있었다.
거미 문양의 정교함은 대단했지만 동굴 관광이 목적이 아니었다.
도유강이 풍천을 바라봤다.

풍천이 대답 대신 거미의 두 눈을 누르고, 다른 한 손으로는 거미의 뒤쪽 다리 부위 쪽으로 지그시 가져다 댔다.

 그르르릉.

 석벽이 옆으로 밀려나기 시작했다.

 그 순간 도유강은 질끈 눈을 감았다. 석벽이 벌어지면서 그 사이로 눈을 뜰 수 없을 정도로 새하얀 빛이 폭사하며 쏟아져 나왔다. 오직 빛으로만 이루어진 세상으로 향하는 문이 열리는 것 같았다.

 "주군, 이제 눈을 뜨셔도 됩니다."

 풍천의 말을 따라 눈을 떴다.

 감당할 수 있을 만큼 빛은 약해져 있었다.

 그르르릉.

 쿵!

 석벽의 문이 완전히 걷히며 굉음이 터져 나왔다.

 빛은 이제 완연히 사라졌다. 평범한 상태로 돌아온 것이다.

 도유강이 성큼 한 걸음 내디디며 안쪽으로 향했다.

 정방형의 석실이었다. 넓이는 일반 연무장보다 조금 작은 정도였다. 야명주가 일정한 배열로 천장에 박혀 있었다.

 "헉! 거미다!"

 사방을 둘러보던 도유강이 바닥에 넙죽 엎드렸다.

 거의 집채만 한 거미가 붉은 눈을 빛내며 덮쳐 왔다.

 "주군."

 풍천이 나직이 불렀다.

도유강이 엎드린 채로 슬쩍 눈을 들었다.

허공에 뜬 채로 거미가 붉은 눈을 빛내며 노려보고 있었다. 하지만 처음 봤던 그대로의 모습이었다. 그제야 도유강은 아침에 풍천이 말했던 거대한 거미 이야기가 떠올랐다.

"흠흠."

도유강이 헛기침을 하고 애써 굳은 표정을 짓고 일어섰다.

풍천이 신경을 건드리면 한소리 해주려고 준비했지만 풍천은 아무 말이 없었다.

거미에게로 시선을 던졌다. 거미의 몸체는 특이하게도 무당벌레처럼 빨갛고, 검은 반점이 바둑판처럼 엇갈려 수놓아져 있었다.

그때였다.

─연자여! 어서 오라!

방향을 알 수 없는 곳에서 한 음성이 들려왔다. 연로한 노인의 목소리였다.

도유강은 아무래도 예의를 갖춰야 할 것 같은 생각에 공손히 대답했다.

"도유강이 인사드립니다."

허리까지 깍듯이 숙였다.

그때 풍천이 도유강의 소매를 붙잡았다.

"주군, 대답하실 필요 없습니다. 진법의 묘용으로 과거의 음성이 흘러나오는 것뿐입니다."
도유강이 멋쩍게 몸을 세웠다.

―노부는 지주현자(蜘蛛玄者)다. 평생 마도를 멀리하고 정도의 길을 걸어왔다.

그 말이 끝나기가 무섭게 풍천이 소리쳤다.
"닥쳐라!"
풍천은 당장 출수할 태세였다.
도유강이 '이런 머저리'라는 표정으로 풍천을 쳐다봤다. 그저 소리일 뿐이라고 말한 당사자가 존재하지도 않는 상대를 죽이려고 하고 있었다.
그러나 풍천을 나무랄 여지가 없었다.
"정도의 길?"
왜 느닷없이 정도의 길이 튀어나온단 말인가. 이곳은 아버지가 자신을 위해 안배해 놓은 장소였다. 혹시 아버지가 마교의 교주가 아니라 무림맹주 비슷한 것이었다면 모를까, 도무지 이해하기 힘든 상황이었다.
그 와중에도 지주현자의 음성이 계속 흘러나왔다.

―하지만 노부는 일부 정도인들로부터는 환영받지 못했다. 그것은 정도의 관점에서 볼 때 노부의 무공이 사악한 무공으로 보였기 때문이다.

여전히 의문은 계속되었다. 사악한 무공으로 보인다는 것과 실제 마공이라는 것과는 어마어마한 차이가 있었다. 결국 이 안배는 정도인의, 정도인을 위한 무공이란 뜻이 아닌가?
 "풍천, 이곳이 아버지께서 안배하신 곳이 맞느냐?"
 "그러합니다."
 "도대체 이해할 수가 없구나."

 ─노부는 일평생 거미를 연구하였고, 그 속에서 결국 희대의 신공을 창안해 냈다. 이름하여 지주현공이다. 그러나 많은 이들이 거미를 통해 만들어진 무공이라며 가까이 하길 두려워했다.

 "주군, 깊이 새겨들으실 필요는 없습니다. 중요한 것은 무공일 뿐입니다."
 "네 말이 옳다."
 도유강도 굳이 그 부분에 얽매일 필요는 없다고 생각했다. 무공의 위력이 얼마나 대단하느냐가 제일 중요한 문제였다. 마교 교주가 될 것도 아니고, 천하 제패는 가당치도 않았다. 정도의 무공이든 마도의 무공이든 무슨 상관이란 말인가! 도리어 정도의 무공이라는 것에 도유강은 아버지에게 고마운 마음이 들 지경이었다.

―노부는 자부한다. 지주현공은 천하제일의 무공이다.

마치 도유강의 마음을 헤아리기라도 하듯 지주현자의 음성이 흘러나왔다.
도유강은 가슴이 두근거렸다.
'천하제일!'
어떤 이는 풍운의 꿈을 꿀 테지만 도유강은 소박한 꿈을 이룬다는 기쁨에 가슴이 콩닥거렸다.

―천하에서 가장 빠른 신법을 펼칠 수 있고, 천하에서 가장 파괴적이며, 천하에서 가장 웅대한 심공이다. 그러하니 연자여, 그대에게 고하노니 부디 지주현공을 통해 천하 정도인 중 심미안이 없는 이들을 부끄럽게 하고, 사악한 마도를 물리치는 데 전심전력을 다하도록 하라.

"닥치라고 했다!"
풍천이 다시 발작했다.
도유강은 흐뭇하게 듣고 있던 중이라 화가 치밀었다.
"풍천, 이건 그저 소리다. 네가 닥쳐라!"
풍천이 입을 닫았지만 지주현자를 죽여 버리고 싶다는 듯 호흡이 거칠어졌다.

―노부는 지주현공을 완성하기까지 약 오십여 년의 세월을

보내야 했다. 지주현공의 위력이 대단한 만큼 오십 년도 길다고 할 수 없다.

도유강의 안색이 급변했다.
"오, 오십 년?"
날벼락이었다. 이게 도대체 뭐란 말인가?
풍천을 돌아봤다. 풍천은 여전히 씩씩거리기만 했다. 물어볼 상태가 아니었다.
"말도 안 돼. 그럼 내 나이 칠십 줄에 이르러야 비로소 가능하다는 말인가."
암담하기 짝이 없었다. 아무리 최강의 무공일지라도 다 늙어 죽어갈 때 완성하는 것은 익히지 않는 것만 못했다. 넉넉히 육 개월 정도를 생각하고 있었는데, 이건 희롱일 뿐이었다. 아침부터 설레던 기분이 한순간 찬물을 끼얹듯 가라앉았다.
도유강은 고함을 내질렀다.
"이건 사기야!"

―그러나 그 누가 있어 오십여 년의 세월을 한마음, 한뜻으로 오로지 지주현공만을 익히며 살 수 있겠는가. 그리하여 노부는 단기간에 지주현공을 완성할 수 있는 방법을 찾는 데 말년을 보냈고, 결국 그 길을 찾고야 말았다.

"휴우……."

도유강이 길게 한숨을 내쉬었다.

죽다 살아난 기분이었다. 이내 화가 치밀었다.

요즘 죽다 살아난 적이 여러 번이었다. 안배를 받는 상황에서도 마음을 졸이며 전전긍긍해야 한다는 사실이 울화가 치밀었다.

"영감! 말을 똑바로 하지 못해!"

과거의 인물이지만 눈앞에 있다면 말의 선후를 제대로 전하라고 턱이라도 갈겨주고 싶었다.

풍천이 나직이 말했다.

"주군, 이건 그저 소리입니다만……."

도유강이 입술을 깨물고 풍천을 노려봤다. 풍천이 흠흠, 하고 딴청을 피웠다.

―뜻을 세우니 길이 열렸다. 노부는 말년에 만년지주의 주검을 발견하게 되었다. 바로 이곳 지주봉에서였다. 연자여, 보이는가? 만년지주의 내단이 녹아내려 쌓이는 모습이…….

소리가 바로 이어지지 않았기에 도유강은 거대한 거미가 매달려 있는 쪽으로 걸어갔다.

그 아래에서 바라보니 거미의 배 밑으로 투명한 잔에 절반가량 맑은 액체가 고여 있었다. 아주 먼 시간을 두고 간헐적으로 거미의 몸 안의 내단액이 떨어져 고이는 것 같았다.

―지주현공을 익히는 데 필수적인 것이 만년지주의 내단액이나, 만년지주의 내단액에는 또 한 가지 공능이 숨어 있다. 만년이라는 세월은 티끌이 하나둘 쌓여 큰 언덕을 이룰 만큼의 기간이며, 작은 물방울이 바위에 구멍을 뚫을 수 있을 정도의 시간이다. 그러한 삶을 산 만년지주이기에 내단액을 복용한 뒤에는 천하의 그 어떤 독도 더 이상 연자를 해롭게 하지 못할 것이다.

만독불침(萬毒不侵)!
도유강은 가슴이 벅차올랐다.
얼마 전까지 극독에 중독되어 삶과 죽음의 경계를 넘나들지 않았던가. 그 일로 또 다른 독에 당할까 봐 전전긍긍했던 것을 생각하니 당장 지주현자에게 엎드려 절이라도 하고 싶은 심정이었다.
엄청난 특권이었다. 언제 어디서든 마음 편히 음식을 먹을 수 있는 권리를 누리게 된 것이다.
"주군, 축하드립니다."
풍천도 이번엔 흡족한 듯 마음을 건넸다.
도유강도 흐뭇해 응했다.
"고맙구나."

―연자여, 이제부터 어떤 과정을 통해 지주현공의 완성에 이르는지를 전하겠다. 먼저 기간은 총 열흘이다. 시간의 법칙

보다 기묘하고 신비로운 것은 없을 것이다. 어떤 이에게 하루는 천 날 같고, 또 어떤 이에겐 천 날이 하루 같은 것이 시간이다. 그건 곧 인간의 사고 영역이 그만큼 광대하다는 것을 보여주는 것이다.

'열흘?'
오십 년에서 기절할 뻔했던 도유강은 최소 삼 년 정도면 족하다고 생각했다. 그런데 뜻밖에 들려온 소리는 고작 열흘이었다. 이젠 기쁨에 겨워 기절할 것만 같았다.

―연자여, 그대는 먼저 만년지주의 내단액을 복용하라.

도유강이 음성의 지시를 따라 만년지주의 내단액이 담긴 투명한 잔을 집어 들었다. 슬쩍 냄새를 맡았으나 아무런 향도 맡을 수 없었다.
색상도 향도 없다.
쭈우욱.
들이켜자 목에 걸리는 느낌도 없이 그대로 식도를 따라 내려갔다.
"응?"
도유강이 고개를 갸웃했다.
색상이나 냄새가 없는 것이야 그렇다 쳐도 마신 후에도 몸에 별다른 반응이 없었다. 그저 갈증을 해소하기 위해 한 모금

물을 마신 기분이었다.

"왜 그러시는지요?"

풍천이 진중히 물었다.

도유강은 '이거 사기야!' 라고 하고 싶은 마음을 꾹 눌러 참고 애써 태연히 대답했다.

"이상하구나. 내단액이라면 강렬한 기운이 뿜어질 것이라고 생각했거늘."

"잠시만 기다려 보시지요."

그때 의문을 해소시키려는 듯 지주현자의 음성이 들려왔다.

―만년지주의 내단액을 복용하였는가. 그 효험이 나타나기까지는 반 각 정도의 시간이 필요하다. 잠시 고통이 있을 것이나 천하제일의 무공을 열흘 만에 익히는 것을 감안할 때, 그 시간은 찰나에 불과하다고 할 수 있도다. 연자는 결코 운기행공으로 고통을 극복하려 하지 말라. 그렇게 할 시 내단의 조화가 깨져 지주현공의 완성을 보지 못하게 될 것이기 때문이다.

찰나?

고통?

낯설지 않은 표정이었다.

마교의 척살조를 따돌리기 위해 만리혈향을 제거할 당시 풍천 또한 열양의 기운으로 태우겠다며 비슷한 말을 했었다.

풍천을 흘깃 보니 그때를 떠올렸는지 흠흠, 거렸다.

반 각이라면 이미 다가오고 있었다.

도유강은 불안하게 눈빛을 굴리며 마른침을 삼켰다.

"큭!"

불쑥 송곳 하나가 배를 찢고 나오는 통증이 일었다.

도유강이 배를 움켜쥐었다. 그러나 그것은 시작에 불과했다. 송곳이 한꺼번에 수백 개로 늘어나면서 마치 누군가가 섬세히 조정하는 것처럼 머리부터 발끝까지 몸 전체를 마구 찔러댔다.

"크아아악~!"

도유강이 바닥을 뒹굴었다.

"풍천! 도와다오. 어서! 으아아악!"

"주군!"

풍천이 몸을 낮췄다. 도유강의 발작은 더욱 거세져 거의 미치광이처럼 되어갔다.

"크아아악! 견딜 수 없다! 제발… 끄아아악!"

풍천이 손을 뻗었다. 그러나 돕는 것이 아니라, 도리어 도유강의 머리와 어깨를 꿈쩍도 못하게 억눌렀다.

살려달랬더니 도리어 누르는 압력에 도유강이 잠시 고통도 잊고 풍천을 눈동자를 굴려 바라봤다.

정색을 하고 '뭔 짓이냐?' 라는 표정이었다.

그러나 그것도 잠시, 도유강은 다시 비명을 내질렀다.

"주군, 참으셔야 합니다. 위대한 대업을 완수하고 지존의 길을 가기 위해선 이 고통을 반드시 넘어서야만 합니다."

"살려줘. 이대로는 죽어버려. 끄아아악~!"

"제가 임의로 운기를 도울 시 아수라천마님의 안배는 물거품이 되고 맙니다. 부디 찰나의 고통을 극복하십시오."

"으아아악! 도대체 찰나가 왜 이 모양이란 말이냐! 끄아아악~!"

그러나 풍천은 입술을 굳게 다물고 더욱더 세차게 머리와 어깨며 다리를 짓누를 뿐이었다.

도유강으로서는 살점이 떨어져 나가는 것 같은 통증에 꿈틀거리기라도 하고 싶은데 그것마저 차단당하고 짓눌리자 고통과 뒤범벅이 되어 서러움이 복받쳤다.

"참으셔야 합니다."

"크아아아악~!"

이젠 아무 소리가 들리지 않았다. 다른 생각도 나지 않았다. 오로지 드는 생각이라곤 차라리 백번 죽는 것이 낫겠다는 것뿐이었다. 이 순간만큼은 자신의 꿈도, 앞으로의 인생도 한낱 부질없게 느껴졌다. 오로지 유일한 소망이 있다면 이대로 죽어버렸으면 하는 것이었다.

거의 두 시진(약 네 시간) 가까이 지났을까.

있는 대로 비명을 질러대던 도유강의 몸이 축 늘어졌다.

풍천이 슬며시 손을 뗐다.

어찌나 눌러댔는지 도유강의 이마에 손도장이 명확히 찍혀 있었다.

풍천이 시선을 다른 곳으로 두고 말했다.

"주군, 괜찮으신지요?"

도유강이 힘없이 풍천을 올려다봤다.

"이게 괜찮은 것으로 보이냐?"

"흠흠, 송구합니다."

바로 그때였다.

쏴아아아!

도유강의 칠공에서 새하얀 빛줄기가 뿜어져 나왔다. 동시에 도유강은 말로 형용하기 힘든 쾌적한 느낌에 사로잡혔다. 방금 전까지 지옥이었다면 지금은 극락이었다.

구름 위를 둥둥 떠다니는 느낌이 난다 싶을 때, 창공에서 뿜어져 나온 백색 광휘는 띠를 이루고 서로 얽히더니 도유강의 몸을 휘감고 허공으로 띄워 올렸다.

우우우웅!

풍천이 경이로운 광경에 눈을 크게 떴다.

이윽고 백색 광휘가 옅어지더니 천천히 도유강을 바닥에 내려놓았다.

도유강이 스르르 눈을 감았다 떴다.

풍천이 벅찬 음성을 발했다.

"주군, 정녕 황홀한 광경입니다. 생사현관마저 타통된 것은 아니신지요?"

도유강은 고개를 가로저었다.

"아쉽지만 전신 경맥이 타통되는 느낌은 없었다. 단지 고통이 사라졌을 뿐."

내심 도유강도 그 정도의 성취를 바랐었기에 실망하지 않을 수 없었다.

―연자여! 고통을 잘 참았도다. 이제 비로소 그대는 지주현공을 익힐 수 있는 준비가 되었다. 우측 벽면을 보아라. 그곳에 지주성좌가 있도다. 오직 극한의 고통을 넘은 자만이 볼 수 있도록 안배되어 있으니 그대가 순순히 고통을 극복했다면 비로소 지주현공에 닿을 수 있을 것이다.

도유강은 의아한 상태로 고개를 돌려 바라보았다.
"오오!"
아까까지 빈 벽이었던 자리에 거짓말처럼 처음 보는 문양이 떠올라 있었다.
"주군, 무엇이 보이십니까?"
풍천이 의아한 듯 물었다.
"너는 저 벽의 문양이 보이지 않는단 말이냐?"
"주군, 제 눈에는 아무것도 보이지 않습니다."
"기이한 일이로구나."
"정녕 훌륭하십니다."
풍천이 자기 일처럼 기뻐했다.
새로 나타난 광경은 벽면뿐 아니라 지주현자가 성좌라고 불렀던 바닥의 별자리였다.
바닥에는 두 개의 삼각형이 서로 엇갈려 물려 있는 형태로,

크게 볼 때 별 형상을 띠고 있었다.

 벽면은 그보다 훨씬 복잡하고 다양한 문양이 불규칙적으로 흩어져 있었다. 어떤 그림도, 어떤 문자도 아니어서 언뜻 보기엔 의미 없는 것처럼도 보였다.

 ―연자여, 지주성좌에 앉아 지그시 벽을 바라보아라. 연공은 저절로 이루어질 것이다. 그저 마음을 고요히 다스리라. 이후, 긴 잠과도 같고 꿈과도 같은 시간이 지나면 지주현공은 이미 완성되어 있을 것이다.

 도유강은 지주성좌에 앉았다.
 그저 바라보는 것만으로 과연 효용이 있을까?
 의문이 일었지만 지금으로선 믿어보는 수밖에 없었다.
 지주현자는 단순히 무공 면에 있어서만 뛰어난 자가 아니었다. 이미 벼랑 한가운데 진법을 설치해 놓은 것이며, 수많은 야명주, 그리고 여기까지 이르는 동안의 여러 복잡한 과정을 볼 때 그의 재주는 가히 하늘조차 놀라게 할 정도였다.
 도유강은 벽면을 고요히 응시했다.
 의미없이 이어진 선들과 점, 그리고 간혹 보이는 문양들이 수천 개가 집합되어 있었다.
 일각 정도 지났을까.
 불쑥 벽면에서 한 부분이 도드라졌다. 그것은 신기하게도 빛이 볼록하게 튀어나온 것 같았다. 그 빛이 천천히 정해진 흐름 없이 벽면 여기저기로 흘렀다.

 이윽고 그 빛이 흐르는 곳에서 문자와 형상이 떠오르더니 도유강의 두 눈으로 쏟아져 들어왔다.

 도유강은 그 충격으로 어깨를 움찔했으나 그것도 잠시, 무아지경 속으로 빠져들었다.

第十章
방문자들

전전긍긍
마교교주

녹림왕은 십 년 묵은 체증이 내려앉은 기분이었다.

산채가 저주와 속박에서 정화될 정도로 소금도 양껏 뿌렸다. 이제 오랜만에 찾아온 여유를 즐겨야 할 때였다.

잔치를 벌였다.

도유강과 풍천이 떠난 지 사흘이 지나서였다. 즉시 잔치를 벌이지 않은 것은 혹시라도 한껏 흥겨운 판을 벌이고 있을 때 쿵 하고 등장해 '그냥 가기 서운해서 말씀이야' 따위의 말을 늘어놓을 것 같아 그동안은 소금만 뿌려댔다.

그리고 나흘째가 된 지금 녹림왕은 대대적인 축제를 선포했다.

녹림도들은 먹고 마시고 노래 부르며 흥청거렸다.

아침부터 밤까지 붓고 또 부어댔다.

녹림왕은 교교히 흐르는 달빛 아래 흥에 취한 녹림도들을 바라보았다.

모닥불을 크게 벌려놓고 수하들은 그 주위를 빙 둘러 어깨동무를 하며 춤을 추고 있었다.

그중에 끼어 있던 은염교가 크게 소리쳤다.

"천천세 만만세는 개뿔! 일일세, 이일세나 처먹어라!"

녹림도들이 일제히 웃음을 터뜨렸다.

녹림왕도 절로 입가에 웃음을 떠올렸다.

"그놈들이 떠난 것이 이제야 좀 실감이 나는군."

녹림왕의 곁엔 손약란, 왕유옥, 그리고 부채주 청뇌묘산이 자리하고 있었다.

그중 왕유옥은 짐승에서 사람이 되어 있었다. 그녀는 녹림왕 곁에 몸을 묻듯 바싹 달라붙었는데 그녀의 큰 젖가슴이 짓눌려진 상태였다.

녹림왕이 왕유옥의 머리를 쓰다듬었다.

"유옥, 고생이 많았소."

"저만 고생한 건 아니잖아요. 그리고 이제 모두 지나간 일인걸요."

왕유옥이 녹림왕의 팔뚝에 볼을 비볐다.

녹림왕은 청뇌묘산에게 시선을 돌렸다.

"청뇌묘산, 애썼다. 네 희생은 잊지 않겠다."

청뇌묘산이 웃어 보였다. 그는 목부터 발끝까지 붕대로 칭

칭 감겨 있다시피 했다. 풍천이 온몸의 뼈를 부러뜨려 붕대인 간이라고 해도 과언이 아닐 지경이었다. 그동안 얼마나 마음 고생이 심했는지 머리카락이 모두 백발이 되어 있었다. 억울하기로 따지자면 녹림의 그 누구도 따를 수 없었다.

"이 한 몸 바쳐 녹림을 이롭게 할 수 있다면 그 무엇도 두렵지 않습니다."

청뇌묘산의 충정 어린 음성에 녹림왕이 술병을 내밀었다.

"고맙다."

"감사합니다."

청뇌묘산이 붕대 감긴 팔로 어렵게 받아 들고 병째로 나발을 불었다.

그때였다.

"아니야. 뭔가 이상해."

그때까지 가만히 있던 손약란이 나직이 중얼거렸다.

녹림왕과 왕유옥, 청뇌묘산이 일제히 손약란을 바라봤다.

손약란이 연신 고개를 저었다.

"내 예리한 육감은 틀린 적이 없어. 놈들은 멀리 가지 않았어. 그 두 놈은 그렇게 호락호락 정상인 놈들이 아니야."

호락호락 정상이란 것이 대체 뭔가 싶은 그저 애매한 혼잣말이라고 치부할 수도 있었다.

그러나 녹림왕의 안색은 대번에 불안해 떨며 굳어졌다.

왕유옥은 더욱더 녹림왕의 몸에 달라붙었고, 청뇌묘산은 술병을 든 손을 부들부들 떨기 시작했다.

손약란이 눈을 가늘게 뜨며 빈 허공을 응시하며 귀신 들린 여자마냥 중얼거렸다.

"소금이 더 필요해. 소금을 더 뿌려야 해."

바로 녹림왕이 고함을 내질렀다.

"소금! 소금을 구해와라! 오태산 전체에 소금을 뿌려라! 소금으로 덮어버려라~!"

　　　　　*　　　*　　　*

초로의 두 노인이 각기 큰 깃발을 꼭 움켜쥐고 오태산을 올려다봤다.

한 노인은 건곤화통이란 깃발을 들고 있었는데, 대머리에 얼굴엔 인세의 풍파에 지친 주름진 피부가 자글거렸다.

다른 노인은 오른쪽 입술 근처에 큰 사마귀가 달려 있었다. 사마귀 노인은 길흉화복이란 깃발을 들고 있었다.

각기 옆구리에 원통을 매달고 있는 것이 누가 보더라도 점쟁이란 것을 어렵지 않게 짐작할 수 있는 모습이었다.

"오태산은 처음이군."

"나돌세."

대머리노인의 중얼거림을 사마귀노인이 받았다.

"솔직히 놀랍지 않나?"

"놀랍지."

"살수라는 것도 알고 청부자가 와선신의라는 것도 알아냈고, 살수의 소속도 알아냈는데 죽이지 않고 목만 돌려서 보내다니……."

"대단한 자부심이라고밖엔……."

대머리노인이 말을 할 때마다 사마귀노인은 고개를 끄덕이며 연신 맞장구쳤다.

"가슴이 두근거리는군."

"나돌세."

"어떤 얼굴인지도 궁금하고. 이왕이면 준수한 놈이었으면 좋겠어."

"나돌세."

"우리가 해낼 수 있을까?"

대머리노인이 물었다. 한쪽 입가를 올리며 웃고 있었다.

사마귀노인이 따라 웃으며 말했다.

"자네가 유령곡의 특급살수 공령이 아니라면, 또 그 곁에 있는 내가 추몽자가 아니라면 실패하겠지. 하지만 안타깝게도 자네는 공령이고 나는 추몽자로군."

"후후후, 그럼 놈은 죽었군."

"후후, 죽었지."

"진정한 살수는 복면을 쓰지 않는다. 그저 유령이 될 뿐. 올라가세."

"그래, 올라가세."

*　　　*　　　*

"흑흑흑… 흑흑흑……."
"아우야, 막내야."
"이제 다시 널 볼 수 없다니 믿을 수가 없구나. 흑흑흑."
흑의를 걸친 여섯 사내였다.
 그들은 누구 할 것 없이 비통에 잠겨 있었다. 그들의 앞에는 반듯하게 누운 시체 한 구가 놓여 있었다.
 머리부터 발끝까지 상처 하나 없었다. 그러나 두 눈을 부릅뜨고 입이 쩍 벌어져 있었기에 최후의 순간 당했을 고통이 얼마나 컸을지 한눈에 알 수 있었다.
"고목귀야, 고목귀야, 미안하다. 내 잘못이다."
 무산칠귀의 대형인 무상귀가 시체 앞에 엉거주춤 몸을 기울였다.
 그는 머리를 돌리고 있었다. 가슴 대신 척추가, 발가락 대신 발뒤꿈치가 놓여 있었다. 그건 무상귀뿐 아니라 나머지 다섯 아우들도 마찬가지였다.
 이유는 간단했다.
 수렴곡에서 목이 돌아간 이후, 그들은 아직까지 원상회복을 못하고 있었던 것이다.
 무상귀가 손을 뻗어 고목귀의 눈을 감겨주고 벌어진 입을 닫았다.
 다시는 이 눈을 뜰 수 없고 입을 벌릴 수 없다고 생각하자 가슴이 찢어지는 것 같았다.

"흑흑흑……."

무상귀는 하염없이 눈물을 흘렸다.

지금껏 많은 이들을 죽여 온 그다. 그러나 여섯 명의 의제 중 하나가 죽으리라고는 상상조차 못했건만 마치 꿈처럼 막내가 곁을 떠난 것이다.

더욱 그의 가슴이 아픈 것은 고목귀를 죽인 것이 다른 누구도 아닌 바로 자신이라는 사실 때문이었다.

"내가… 내가… 널……."

죄책감과 후회가 물밀듯이 몰려왔다.

막내가 죽은 것의 시작은 와선신의가 끝내 버틴 탓이었다.

아니, 아니다. 근본으로 가자면 풍천이란 놈이 모두의 모가지를 돌려 버린 것이 원인이었다.

무상귀는 수렵곡에서의 모욕을 갚기 위해 아우들과 오대산을 올랐고, 중도에 멈췄다.

이 상태로는 본신의 무공을 펼치기가 어렵다는 생각에서였다. 그래서 각자 사력을 다해 스스로의 모가지를 원래대로 돌려놓으려고 혼신의 힘을 다했다. 그러나 결과는 달라지지 않았다.

그때 고목귀가 다가와 말을 건넸다.

"대형, 제 스스로는 힘들지만 대형이라면 제 목을 원래대로 하실 수 있을 겁니다."

무상귀는 그 말이 일리가 있다고 생각했다. 비록 자신도 자신의 목을 어찌하지 못하고 있긴 해도 힘을 주는 각도 면에서 아우들의 목은 효과적으로 되돌릴 수 있을 것 같았다.

무상귀는 곧바로 고목귀의 목을 붙들고 양손에 내력을 쏟아부었다.

뚜드득 소리가 시원하게 울려 퍼졌다.

고목귀의 목이 돌아간 것이다. 그러나 기쁨도 잠시, 고목귀는 유언처럼 한마디를 남기고 세상을 떠났다.

"대형, 그쪽… 방향이… 아닙니다."

그렇다. 고목귀는 목이 삼백육십 도 돌아가며 죽어버린 것이다. 무상귀가 방향을 잡은 것은 순전히 자신의 모가지가 돌아간 방향대로 막내 고목귀의 목도 돌아갔을 것이라고 생각했던 것이다. 그 결과는 사망!

"형님……."

둘째 통천귀가 울먹이는 목소리로 무상귀의 어깨에 손을 올렸다. 팔의 상태가 기이하게 꺾여 있었다.

"내 탓이다. 내가 무리만 하지 않았어도……. 내가 고목귀를 죽이고 말았어."

무상귀의 통곡에 다섯 아우도 따라 울었다.

그렇게 한참을 운 그들은 이제 무엇을 해야 할지 잘 알고 있었다.

셋째 추혼귀와 넷째 백발귀, 그리고 다섯째 흑면귀가 땅을 파기 시작했다. 무덤을 파는 동안 여섯째 호목귀는 고목귀의 시신 곁에서 하염없이 눈물만 흘렸다.

무상귀가 비장한 어조로 부르짖었다.

"오태산에 널 두는 것을 이해하려무나. 우리가 살아 돌아온다면 온전히 장례를 치러주겠다."

그는 죽음을 각오하고 있었다. 이길 수 없다면 함께 죽는 것이 최선이었다. 그리고 그 방법도 이미 강구해 둔 터였다.

그때였다.

"허억!"

"이, 이게 무슨……."

한참 땅을 파내던 추혼귀 등이 소스라치게 놀라며 뒤로 물러났다.

무상귀와 통천귀가 날듯이 달려갔다. 흐느끼던 호목귀도 눈물을 거두고 그 곁으로 움직였다.

세 사람은 이내 눈을 부릅뜨고 경악성을 토해냈다.

파헤쳐진 구덩이 안에는 척 보기에도 일고여덟 구의 시체가 마구 엉켜 있었다.

개중에 몇은 팔다리가 보이지 않았다. 부패가 진행된 탓에 썩는 냄새가 진동했지만 지금 냄새를 문제 삼을 상황이 아니었다.

통천귀가 구덩이 안으로 훌쩍 뛰어들었다.

그는 나름 상태가 양호한 시체를 잡고 반듯하게 눕혔다.

모두가 한목소리로 외쳤다.

"흑룡방!"

무상귀가 흑룡방주와 절친했던 탓에 무산칠귀는 흑룡방 고수들의 복색이 익숙했다. 시체의 상의 심장 부근에 흑룡이 은빛으로 수놓아져 있었다. 흑룡방의 대주를 뜻했다.

"항산에서 녹림이 했던 말이 사실이었단 말인가."

무상귀가 넋이 나간 듯 중얼거렸다.

당시 녹림왕 곁에 서 있던 묘령의 미친년 음성이 다시 귓가에 울려 퍼졌다.

"흑룡방주가 죽은 건 안됐어. 나도 조의를 표할게. 불쌍하기도 하지. 하지만 우리, 말은 똑바로 하자. 흑룡방주는 우리 풍천님한테 딱 걸려서 살아보겠다고 죽자 사자 도망치는 걸 우리 풍천님께서 쫓아가서 목을 쳐버렸거든. 호호호호! 그렇죠, 풍천님?"

그러나 통천귀의 생각은 달랐다.

"형님, 아직 속단할 수는 없는 일입니다. 녹림과 흑룡방이 초기에 격전을 치렀을 때 발생한 사상자일 수도 있습니다. 아우를 속히 묻고 녹림총채로 올라가 확인해 보면 됩니다."

그는 이번 복수에 있어서도 유일하게 신중하게 의견을 냈었다. 흑룡방이 전멸했다는 것은 도저히 믿을 수 없었기 때문이다. 하지만 수렴곡에서 당한 모욕 탓에 대형의 고집을 꺾을 수 없어 이렇듯 오태산까지 오른 것이었다.

통천귀는 대형의 대답을 듣지 않고 바로 아우들에게 명을 내렸다.

"너희는 다른 곳을 파도록 해라."

추혼귀 등이 십 장 정도 떨어진 곳을 파기 시작했다.

"으헉!"

잠시 후 추혼귀가 비명을 내질렀다.

통천귀가 눈에 불을 뿜듯 노려보며 말했다.

"호들갑 떨지 마라."

추혼귀의 눈은 초점이 없었다. 추혼귀가 말했다.

"흑, 흑룡방주입니다."

함께 땅을 팠던 백발귀와 흑면귀는 아예 말조차 못하고 얼어붙어 버렸다.

무상귀가 날듯이 달려갔다.

"헉!"

그도 격하게 숨을 들이켰다.

흑룡방주였다. 잘못 본 것이 아니었다. 그의 몸통은 어디로 갔는지 없고, 머리만 다른 시체들과 한데 어우러져 매장된 상태였다.

방금까지 속단 말자고 했던 통천귀도 완전히 정신이 나가 버렸다.

무상귀가 흑룡방의 머리를 꺼내 두 손으로 받쳐 들었다.

"네가 왜 여기 이렇게 버려진 것이냐? 태유! 네가 왜? 왜? 왜?"

이제 모든 것이 명백해졌다. 차마 믿기 힘들었던 말들은 모두 사실이었다.

무상귀는 부르짖음을 그쳤다.

그의 안색이 차분해졌다.

막내아우를 잃고, 이제 절친한 친우의 죽음도 확인했다.

복수에 더 이상 망설임이 낄 자리는 없었다.

죽음과 복수를 맞바꿔야 할 때였다.

"아우를 흑룡방주와 함께 묻어라."

작은 봉분이 생기는 것을 지켜본 후 무상귀가 감정없이 말을 이었다.

"우리는 오늘 모두 오태산에서 죽음을 맞이할 것이다. 저승길은 풍천이란 자와 동행한다."

다섯 아우의 얼굴에 비장한 표정이 떠올랐다.

폭렬공! 최선이자 유일한 방법!

잠력을 격발시켜 함께 죽는다.

*　　　*　　　*

유령곡의 특급살수들, 그리고 무산칠귀가 각기 다른 방향에서 녹림총채로 향하고 있던 그 시각, 또 다른 두 사람이 녹림총채의 동쪽 기슭을 오르고 있었다.

천향선자가 입을 열었다.

"과연 녹림총채에서 와선신의를 볼 수 있을까요?"

하늘거리는 분홍빛 의복에 선녀마냥 고운 미모가 눈이 부실 지경이었다.

고죽상인이 희미하게 웃음 지었다. 그의 어깨에는 한 마리 검은 매가 앉아 있었다.

"그건 걱정할 것 없소. 관산선생이 수하들과 나누는 대화를 내 직접 엿들었으니 말이오. 잠시 여유를 부리는 사이 감쪽같이 사라지고 말았으나 풍천이란 자가 와선신의를 빼돌려 녹림으로 갔다고 했으니 지금쯤 녹림에 도착해 있을 것이오."

말을 하면서도 고죽상인의 눈은 천향선자의 눈이 아닌 입술을 향하고 있었다. 도톰한 입술은 그 자체로 매혹적이었고, 이미 고죽상인의 눈빛은 그린 천향선자의 입술을 수십 번 핥아 내린 것같이 끈적거렸다.

"호호호, 의심해서 드린 말씀이 아니란 건 아시죠?"

천향선자가 눈웃음을 지으며 교태롭게 어깨를 비틀었다.

고죽상인의 눈이 정염으로 불타올랐다.

"하하, 물론이오. 그런데 그대는 내가 수고로움을 사처했음에도 그저 말로만 고맙다고 하니 이 노부는 서운함을 금치 못하겠구려. 설마하니 관산선생을 발견한 것이 내가 아니라 내 어깨 위의 흑매라고 생각하는 건 아니오?"

"아앙, 그럼 소녀가 어찌하면 흡족하실는지요?"

"하하하, 그걸 굳이 내 입으로 꺼내야겠소?"

천향선자가 짐짓 샐쭉한 표정을 지으며 다가왔다. 그녀의 손이 고죽상인의 가슴을 스치고 지나갔다.
"아잉, 말씀해 보세요."
"그, 그게 그러니까……."
고죽상인은 이미 몸이 녹아내리기 일보 직전이었다.
"하아, 어서요."
천향선자가 입김을 후, 하고 불고 양팔로 고죽상인의 목에 둘렀다. 이제 두 사람은 얼굴과 얼굴이 맞닿을 지경이었다.
순간 고죽상인이 뒤로 훌쩍 물러서며 욕설을 내질렀다.
"고약한 년!"
방금 전까지 정염에 불타던 고죽상인의 모습은 온데간데없었다. 오로지 그의 두 눈엔 분노만이 가득 차 있었다.
고죽상인이 당장에라도 쳐 죽일 듯 철장을 빼 들었다.
천향선자가 배시시 웃었다.
"고정하세요. 나쁜 뜻은 없었답니다. 녹림에 가면 어떤 위험이 있을지 모르니 상인이 저를 보호하게 하고 싶었을 뿐이에요. 저는 연약한 여자의 몸이잖아요."
쿵!
고죽상인이 철장으로 바닥을 내리찍었다.
"미혼섭혼공에 절륜한 낙화장법을 구사하는 그대가 아닌가. 연약한 여자라니 지나가던 개가 웃을 일이로군."
"용서하세요. 소녀가 생각이 짧았습니다."
천향선자가 웃음을 거두고 정중히 사과했다.
"흥!"

고죽상인이 코웃음을 쳤다. 언짢은 안색은 여전했지만 그는 철장을 거둬들였다.

미혼섭혼공으로 자신을 색욕에 물들게 하여 의지를 속박하려 한 것은 괘씸하기 이를 데 없었지만 지금 가는 길은 녹림총채였다. 그녀의 말대로 어떤 위험이 도사리고 있을지 알 수 없었다.

비록 방심하여 잠시 미혹될 뻔했고, 그 와중에 천향선자가 독수를 펼쳤다면 꼼짝없이 죽고 말았을 테지만 그녀의 의도가 자신을 해하려 한 것이 아닌 것만은 확실했다. 목적이 같은 지금으로썬 혼자보단 둘이 나았다.

"만약 다시 허튼수작을 부린다면 고운 얼굴을 보존하기 어려울 것이오."

"상인께서 섭혼공을 극복하셨거늘 제가 바보가 아닌 이상 그럴 리가 있겠어요?"

"그 생각을 끝까지 가져가는 것이 좋을 것이오."

고죽상인은 말을 내뱉는 한편 속으로는 칼을 갈았다.

'와선신의를 확보한 뒤엔 이 일의 대가를 치르게 해주마.'

"그럼요, 그럼요."

천향선자 밝은 웃음으로 답했다. 주변까지 환하게 물들이는 마력이 깃든 미소였다.

그 미소 안쪽에서 천향선자는 비웃음을 머금었다.

'미혼섭혼공을 벗어난 것은 장하다만… 네 목숨도 쓸모가 다한다면 그것으로 끝이란다. 호호호호.'

두 사람은 반 장 정도의 거리를 벌려선 채 녹림총채를 향해 걸음을 옮겼다.

언제 서로 날을 세웠냐 싶게 일상적인 대화를 나누는 모습이 참으로 바다같이 넓은 마음이란 무엇인지를 보여주는 두 사람이었다.

* * *

마음 구석에 비수를 숨기고 고죽상인과 천향선자가 나아갈 무렵, 오태산 북쪽의 소로로는 네 사람이 부지런히 발을 놀리고 있었다.

세가의 네 기재!

남궁연, 제갈소명, 모용운천, 팽안록이었다.

모두의 얼굴엔 비장함이 감돌았다.

이미 항산에서 끝없이 달리고 또 달리는 일단의 무리 뒤에서 끝내 낙오자가 되고 만 네 사람이었다.

처음 녹림총채가 있는 오태산에 도착했을 때만 해도 그들의 꿈은 매우 그럴싸한 것이었다.

녹림왕을 무릎 꿇리고, 그 앞에 우뚝 선 채로 큰 소리로 의와 도에 대해 한바탕 교훈을 늘어놓는 것!

그러나 꿈에서 깨기까지는 그리 많은 시간이 필요치 않았다. 흑룡방의 일개 대원들과 맞서 평수를 이루는 순간부터 그들은 현실의 무게에 짓눌렸다.

그다음 상황부터는 강호가 녹록치 않다는 것이 속속들이 눈앞에 펼쳐졌다.

사라진 흑룡방!

종횡무진 숙수들과 의원들을 잡아간 녹림!

경신술은 이런 것이라며 스쳐 지나간 무리!

그리고 항산에서의 경주!

와선신의는 누구이며, 열한두 살 남짓 되는 괴상한 꼬마는 대체 어떤 존재인지.

그 모든 의문을 해소하기 위해 그들이 가야 할 길은 명백했다.

녹림총채!

오태산까지 온 마당에 무슨 일이 벌어지고 있는지 정도는 알고 싶었다. 그것이 지금 네 사람이 달리는 목적의 전부였다.

"좀 더 힘을 내는 게 좋겠어."

남궁연이 모두를 독려했다.

"좋지."

"한번 달려보자고!"

제갈소명, 모용운천이 속도를 높였다.

그때 뒤쪽에 있던 팽안록이 순식간에 치고 올라와 단번에 선두를 탈환했다.

"후후, 내가 앞서 가주지."

"하하, 질까 보냐!"

네 사람은 앞서거니 뒤서거니 그렇게 녹림총채로 향했다.

*   *   *

 전광동자는 인상을 찡그렸다.

 그는 하늘 높이 솟은 나무 끝자락에 몸을 묻고 있었다.

 벼랑을 타고 산 아래까지 내려가 보았지만 풍천과 소교주의 흔적은 어디에도 없었다. 풍천의 경공 실력은 인정하지만 전광동자는 자신이 그에 못지않다는 것을 잘 알고 있었다.

 이 잡듯 오태산 부근 수십 리를 뒤져 댔다. 그 후 전광동자가 내린 결론은 두 사람이 오태산을 떠나지 않았다는 것이었다.

 어디에 있는지는 모르나 그의 감각은 분명히 그렇게 속삭이고 있었다.

 도대체 무슨 꿍꿍이인지 머리에서 쥐가 날 지경이었다.

 그 와중에 전광동자는 틈나는 대로 오태산을 은밀히 살피는 데 주력했다.

 그리고 지금 녹림총채로 일단의 무리가 모여들고 있었고, 그것이 짜증이 나다 못해 모조리 죽여 버리고 싶다는 살의를 불러일으키고 있었다.

 녹림 놈들은 소금을 미친 듯이 뿌려대고, 점쟁이 같지 않은 점쟁이들인 무산칠귀는 온갖 지랄을 하다 한 놈의 목을 꺾어 죽여 버렸다. 그리고 세가의 어린놈들은 호기심에 중독된 것처럼 또다시 모습을 드러냈다.

소교주의 흔적을 놓친 지도 어느덧 열흘째다. 신경 쓸 것이 많아지는 것은 정녕 사양하고 싶었다.

전광동자가 나뭇잎을 신경질적으로 뜯어내며 중얼거렸다.

"젠장, 잡종들만 모여들고, 소교주는 하늘로 솟은 거냐, 땅으로 꺼진 거냐!"

第十一章
지주현공 발현

전전긍긍
마고교주

녹림총채 외곽을 세 사람이 걷고 있었다.

손약란과 수석십령주 은염교, 수석대주 공추상이었다. 그들이 걸음을 옮길 때마다 뽀드득 뽀드득 흰 눈을 밟는 소리가 났다. 어찌나 많은 소금을 뿌려댔는지 녹림 주변은 지면이 보이지 않을 정도로 소금에 덮여 있었다.

"그놈의 새끼들은 어디로 갔을까?"

불쑥 손약란이 중얼거렸다.

나란히 걷던 은염교가 화들짝 놀라 반문했다.

"아가씨, 혹시 놈들을 보고 싶으신 깁니까?"

손약란이 허리에 두 손을 얹고 눈알을 부라렸다.

"이 새끼야, 뭔 소리야! 어디로 갔는지 모르니까 두 다리 뻗고 잘 수가 없잖아!"

"아하, 그런 말씀이셨군요."

은염교가 머리를 긁적였다. 공추상은 미소를 지었다. 하지만 씁쓸함이 진득하게 묻어나는 웃음이었다.

녹림의 연회는 계속되고 있었다. 술과 음식이 넘쳐 나고, 흥겨운 분위기가 연일 이어졌지만 그 이면에는 알 수 없는 두려움이 깔려 있었다. 정체불명의 녀석들은 느닷없이 왔다가 느닷없이 가버렸지만, 원체 그런 놈들이다 보니 또 느닷없이 들이닥친다고 해도 이상할 것이 없었다.

그 때문에 손약란은 은염교와 공추상을 데리고 총채 외곽을 둘러보고 있었다. 별일없을 것이란 것을 알지만 이렇게라도 해야 마음이 편안한 때문이었다.

외곽에서 경계를 서고 있는 녹림도들이 그들이 지날 때마다 머리를 조아렸다.

"저는 원래 미신을 믿지 않았습니다만……."

은염교가 말을 끌자, 손약란과 공추상이 돌아보며 다음 말을 기다렸다.

"아, 아닙니다."

은염교가 자신없이 꼬리를 내렸다.

손약란이 바로 꾸짖었다.

"뭔데 그래, 이 새끼야! 사내자식이 도끼를 뽑았으면 머리는 못 쪼개도 나무 정도는 찍어야지."

"그게… 지금 심정 같아선 굿이라도 하든지, 부적이라도 산

요소요소에 붙여놓아야 하는 거 아닌지 해서 말입니다."

목소리가 기어들어 갔다. 은염교는 욕이 날아올 것을 대비해 나름 방어기제로 목을 움츠렸다.

그러나,

"흠, 일리가 있어. 아버지께 이야기해 봐야겠다. 이건 아무리 생각해 봐도 보통 액막이 낀 것이 아닌 것 같으니까."

손약란은 진지하게 턱을 어루만지며 고개를 끄덕이며 말을 이었다.

"무당을 잡아다 부적을 쓰게 하고 굿판을 벌인 다음 죽여 버리면 소문은 안 나겠지?"

"아가씨, 역시 훌륭한 생각이십니다."

은염교가 엄지를 추켜세웠다.

손약란이 공추상을 바라봤다.

"공추상, 넌 싫으냐? 왜 말이 없어?"

공추상은 고개를 갸우뚱하고 먼발치를 바라보고 있었다.

"너 이 새끼, 귓구멍을 확 파버… 어?"

손약란이 발작하다가 말을 멈췄다. 공추상의 시선을 따라가 보다 두 개의 깃발을 본 것이다.

"건곤화통과 길흉화복이라……."

공추상이 중얼거렸다.

깃발에 새겨진 두 글귀가 바람에 펄럭이며 뱀이 물결치듯 꿈틀거리며 다가오고 있었다.

손약란의 눈이 반짝거렸다.

"오호! 점쟁이들인가 보네. 점도 괜찮긴 하지. 가보자!"

떡을 바라고 있었더니 하늘에서 뚝 하고 떡이 떨어져 내린 기분이었다.

손약란이 신형을 날리자 은염교와 공추상이 그 뒤를 따랐다.

유령곡의 특급살수 공령과 추몽자는 서로를 바라보았다.

저만치 세 사람이 달려오고 있었다. 신법이 경쾌하기 이를 데 없어 가볍게 볼 수 없는 자들이었다.

공령이 전음을 발했다.

[녹림의 수뇌들인 것 같군.]

[계획대로 하면 별문제없을 거네. 기이한 기운이 오태산에 흘러 이끌리듯 왔다고 하면 돼.]

[후후, 수뇌들이니만큼 주눅 든 표정을 지어야겠군.]

녹림총채가 가까워질수록 산길이 소금 길이 된 것부터 괴상하다고 생각했었는데 이젠 경계를 서는 녹림도가 아닌 수뇌들이 달려오고 있었다. 예측은 맞을 수도, 벗어날 수도 있다. 중요한 것은 청부의 결과였다. 임기응변은 특급살수에게 있어 가장 중요한 요소였다.

앞에 달려오는 이는 묘령의 여인으로 한눈에도 천하절색이라 할 만했다. 순결하고 청초한 한 떨기 꽃이 바람에 실려 날아오는 것 같기도 했다.

여인이 지척에 신형을 멈추고는 두 팔을 활짝 벌렸다.

"이 늙은이들아, 왜 이제 왔어? 얼마나 기다렸는 줄 알아? 반가워, 반가워!"

공령과 추몽자가 입을 굳게 다물고 빤히 손약란을 바라봤다.

'기다렸다고?'

'처음 보는 여자인데?'

온갖 의문이 두 사람의 머리를 헤집고 다녔다.

손약란이 다가가 손을 뻗어 공령의 양 볼을 잡고 흔들었다.

"영감!"

대머리 공령의 볼이 쭈욱 늘어졌다가 출렁였다.

"긴장 풀어. 괜찮아. 안 죽일게. 녹림도 예전 같지 않아. 무당이나 점쟁이는 절대 죽이지 않는다고. 알잖아? 죽이면 재수 없는 것! 호호호호!"

공령은 볼살이 잡히는 순간, 하마터면 출수할 뻔했다. 마른 침을 삼키고 속으로 '이런 미친…'이라고 중얼거리며 살기를 갈무리했다.

옆에 선 추몽자가 머리를 조아렸다.

"저희는……."

손약란이 이번엔 추몽자의 어깨에 팔을 둘렀다.

"알어, 알어. 기괴한 기운이 산에 넘실거려서 홀리듯 온 거지? 맞지?"

추몽자가 얼떨결에 정신없이 고개를 끄덕였다.

손약란이 배시시 웃었다.

"호호호, 그래서 내가 반갑다고 그랬잖아."

은염교와 공추상도 따라 웃었다.

공령과 추몽자는 애매하고 주눅 든 미소를 지었다. 원래 그러려고 했던 것이지만 저절로 그런 미소가 나왔다. 뭔가 상황이 매끄럽고 무리없이 진행되는 것은 좋았지만, 워낙에 매끄러우니 일이 잘못될 것 같았다.

손약란이 추몽자의 뺨을 어르듯 툭툭 쳤다.

"사마귀가 아주 예쁘네. 호호호호!"

추몽자의 낯빛이 변했다. 그는 누군가 얼굴의 사마귀를 갖고 놀려도 결코 자신의 임무를 잊는 자가 아니었다. 그러나 지금은 이상하게 감정이 뒤틀렸다. 공령이 추몽자의 팔을 살짝 잡고 보일 듯 말 듯 고개를 저었다. 그제야 추몽자는 신색을 회복했다.

손약란은 곧바로 돌아선 탓에 추몽자의 표정 변화를 알아차리지 못했고, 은염교와 공추상도 손약란의 뒤편에 가려진 추몽자의 변화를 볼 수 없었다.

"은염교, 아버지께 데려가자."

은염교가 난색을 표했다.

"녹림왕께서는 오늘 밤까지 처소에 들어오는 자가 있다면 용서치 않겠다고 하셨습니다만……."

"쳇, 그 젖소 때문이군. 그럼 어쩔 수 없지."

손약란이 못마땅하다는 듯 눈살을 찌푸렸다.

"일단 부채주께 데리고 가는 것이 좋겠습니다."

은염교가 말했다.

손약란이 고개를 끄덕였다.

"흠, 그게 좋겠군. 청뇌묘산도 자기 운명이 어떻게 꼬이게 될지 궁금해할 테니까. 난 공추상과 좀 둘러보고 가겠다. 은염교! 네가 이 둘을 데리고 가라. 쓸데없이 녹림의 운명을 묻지는 마. 알겠어? 그건 아버지와 내가 있는 자리에서 물어야 하니까."

"그리하겠습니다. 너희 둘, 날 따라와라!"

공령과 추몽자가 주눅 든 눈빛으로 은염교의 뒤를 따랐다.

[녹림왕의 딸이라니… 왠지 언행이 납득이 되는군.]

공령이 전음을 발했다.

[그렇긴 하네만, 청부 없이 사람을 죽이고 싶어지는 건 오랜만일세.]

[후후, 나중에 기회가 있겠지.]

"자자, 다 같은 강호 동도들인데 어려워하지 말고 한잔씩 들어."

손약란이 잔을 술을 채우며 말했다.

그녀의 맞은편에는 세가의 네 기재가 나란히 앉아 있었다.

그들이 총채 부근에 이르렀을 때, 손약란이 반갑게 맞아주었고, 얼떨결에 한자리에 합석한 상태였다. 반갑게 맞아준 것도 이상하고, 왜 잔치를 벌이고 있는지도 이해할 수가 없었다. 하여튼 요사이 벌어진 일련의 일들은 하나같이 의문투성이였다.

네 사람이 채워진 잔을 멀거니 바라봤다.

손약란이 채근했다.

"뭐 해? 독 안 탔으니까 편히 마셔. 아, 건배해야지."

손약란이 잔을 높이 들었다.

네 기재도 절반쯤 잔을 들어 올렸다.

"녹림의 무궁무진한 번영을 위하여!"

쨍!

네 기재는 차마 그 말까진 따라 할 수 없어 잔만 부딪쳤다.

손약란이 한입에 털어 넣고 말했다.

"다들 살아 있어서 다행이다. 근데 너희들 흑룡방 조무래기들이 실실거리며 나타났을 때 왜 끼어들었냐? 실력도 변변치 못하면서."

팽안록이 잔을 탁자에 격하게 내려쳤다.

"손 소저, 말이 너무 심하구려."

반말까진 억지로 참았지만 실력 운운하는 말은 그냥 넘기기 어려웠다.

"쉿!"

손약란이 검지를 세워 입술에 댔다. 그녀가 주변을 두리번거렸다.

"공자, 목소리가 너무 커요. 여긴 녹림이란 걸 잊지 마세요. 게다가 본녀가 이래 봬도 녹림왕의 딸이랍니다. 함부로 제게 소리치다간 어디서 도끼가 날아와 머리를 쪼개 버릴지 모를 일이지요. 주의하세요."

"끙."

팽안록이 못마땅하다는 표정을 지었지만 달리 반발하진 않았다. 그들은 녹림에 싸우러 온 것이 아니라, 그동안 겪었던 의문점들을 해소하기 위해 어려운 걸음을 한 것이었다.

"손 소저, 몇 가지 궁금한 것이 있소이다."

제갈소명이 입을 열었다.

"넌 제갈소명이라고 했지? 물어봐. 아는 데까진 친절히 설명해 줄게."

"그때 함께 있던 이들은 아직 이곳에 있는 것이오?"

"일부는 남고 일부는 떠났어. 그 잘생긴 녀석하고 촌에서 장작 패다 온 것 같은 놈은 갔지."

"그들은 누구요?"

"몰라."

손약란이 솔직히 대답했다.

"흠, 대답하기 불편한 모양이구려."

손약란이 고운 미간을 찡그렸다.

"사람 말 좀 믿고 살아라, 이 씨발 놈아."

제갈소명의 안색이 분노로 벌겋게 달아올랐다. 코도 벌름거리고, 가슴이 부풀었다 가라앉았다 연신 반복했다. 탁자 위에 올려놓은 손까지 부들거렸다.

손약란이 웃음을 터뜨렸다.

"미안, 미안. 내가 어렸을 때부터 좀 세게 보이려고 욕을 한 것이 아주 입에 붙었어. 너도 잘한 건 없어. 내가 솔직히 말했는데 안 믿었잖아. 자, 마음 풀고 한잔해. 여긴 녹림이잖아. 도끼 날아온다니까 그러네."

이번엔 모용운천이 나섰다.

"손 소저, 흑룡방은 어떻게 되었소? 그들과는 화친의 서약이라도 맺은 게요?"

손약란이 자신의 빈 잔에 술을 채우며 말했다.

"화친은 개뿔! 흑룡방 놈들 다 죽었어. 아, 그 이야긴 하지 말자. 엮인 이야기들 때문에 벌써부터 우울해지려고 한다."

네 기재가 동시에 눈을 동그랗게 뜨고 상체를 당겼다.

"다 죽다니? 그게 무슨 말이오?"

손약란이 진저리가 난다는 듯 고개를 내저었다.

"너무 깊이 알려고 하지 마. 다쳐!"

"그대는 우릴 너무 무시하는구려. 우린 농담이나 듣자고 이곳에 온 것이 아니오."

모용운천이 미간을 좁히며 매섭게 노려봤다.

손약란이 몸을 반쯤 일으키며 말했다.

"좋아, 너한테만 알려줄게."

그녀가 몸을 더 내밀어 모용운천의 귓가에 입을 댔다.

"소곤소곤소곤……."

모용운천의 낯빛이 붉으락푸르락해졌다. 소곤소곤 비밀을 말한 것이 아니라 진짜로 그냥 소곤소곤이라고 말한 것이었다.

손약란은 팽안록, 제갈소명, 모용운천에게 차례로 심리적 내상을 입힌 후, 남겨진 한 사람 남궁연에게 시선을 던졌다.

"넌 뭐냐? 왜 아무 말이 없어?"

남궁연이 마른침을 삼키며 슬그머니 시선을 피했다.

손약란이 피식 웃었다.

"이 새낀 반응이 또 왜 이래? 야, 너 나한테 반했냐?"

남궁연이 몸을 일으키며 고함을 내질렀다, 일 것이라고 팽안록 등은 예상했다.

그 대신 남궁연이 입을 열었다.

"마마마, 말도 안 되는 소리!"

말을 버벅거리고 얼굴까지 붉어졌다.

손약란이 눈을 가늘게 뜨고 남궁연을 노려봤다.

"쯧쯧… 첫눈에 반해 버렸나 보네. 귓불까지 빨갛잖아. 하여튼 예쁜 건 귀신같이 안단 말이야."

팽안록이 남궁연에게 물었다.

"몸이 안 좋은 거 아냐?"

남궁연이 고개를 젓고는 짐짓 단호한 표정을 지었다.

"아, 미안. 잠깐 딴생각을 하느라. 손 소저, 사람을 희롱하는 것도 어지간히 하시오."

손약란이 화통하게 웃었다.

"이놈 봐라. 바로 정색하네. 사내자식이 좋아하면 좋아한다고 왜 말을 못해. 너 이 새끼, 나중에 사귀자고 하면 아주 죽여 버린다?"

남궁연의 표정이 찰나 어두워졌다. 하지만 그것은 말 그대로 찰나에 불과해 다른 사람은 눈치채지 못했고, 어느새 진중한 모습으로 돌아와 있었다.

"그런 일은 없을 것이니 염려 놓으시오."

 남궁연의 의연한 목소리에 세 사람은 비로소 마음을 놓았다. 어찌 남궁세가의 자제가 이렇듯 예의라곤 눈곱만큼도 없이 아름답기만 한 여자를 좋아할 수 있단 말인가. 잠깐 의심했던 것이 도리어 미안했다.

 대화는 소강상태가 되었다.

 네 기재는 아직 많은 의문점을 가지고 있었지만 눈앞의 상대는 대화 상대로는 최악이었다. 비록 그녀가 총채 안으로 무리 없이 이끌어주긴 했지만 그녀의 역할은 그게 전부였다. 다른 누군가를 찾아 제대로 의문을 해소해야 했다.

 그러나 문제는 현재 녹림의 분위기였다.

 큰 전각들이 두르고 있는 이 부근은 곳곳이 잔치판이었다. 저쪽 한편에는 심지어 '건곤화통', '길흉화복'이라는 깃발을 곁에 둔 두 노인이 점통을 뿌려대면서 붕대에 감기다시피 한 자의 점을 쳐주고 있었고, 또 다른 곳에서는 녹림도로는 보이지 않는 두 남녀가 편치 않는 표정으로 앉아 있었다.

 왜 잔치를 벌이고 있는지, 왜 강호의 한 축인 녹림이 점을 보고 있는지 도리어 의문만 쌓여갈 뿐 제대로 된 대화 상대는 어디에서도 찾을 길이 없었다.

"이번엔 내가 한 가지 묻자."

손약란이 네 사람을 쭉 훑어보며 입을 열었다.

기재들이 시선을 모았다.

"저기 고죽상인과 천향선자 말인데, 쟤네들은 왜 녹림에 와서 와선신의를 찾을까요?"

"우리가 묻고 싶은 것이오. 고죽상인과 천향선자라는 것도 방금 한 말을 듣고 알았구려."

팽안록이 어깨를 으쓱거렸다. 다른 세 사람도 마찬가지였다.

고죽상인과 천향선자는 은염교와 이야기를 나누고 있었다. 두 사람의 표정은 불만으로 가득 차 있었다.

쾅!

불현듯 고죽상인이 탁자를 내려쳤다.

"와선신의가 없다고만 말하면 그만인 게요?"

손약란과 네 기재뿐 아니라 거의 모두의 시선이 고죽상인 쪽으로 향했다.

은염교가 언짢게 얼굴을 찡그렸다.

"고죽상인, 소리가 너무 크오. 오늘이 좋은 날이 아니었다면 이 자리에 당신이 앉아 있을 수나 있었겠소? 게다가 녹림에서 와선신의를 찾는다고 없는 와선신의를 어떻게 찾아주겠소?"

천향선자가 미소를 머금고 끼어들었다.

"저흰 명확한 근거를 갖고 있답니다. 관산선생이 대화를 나누는 것을 엿듣게 되었지요. 그는 풍천이란 자가 와선신의를 잡아 녹림으로 갔다고 했답니다."

은염교가 물끄러미 천향선자를 바라봤다.

천향선자가 매혹적인 웃음을 지었다. 누구나 반할 수밖에 없는 미소였다.

은염교의 양 볼이 붉어졌다. 두 눈 흰자위에 핏줄이 뻗쳐 갔다.

고죽상인은 보일 듯 말 듯 웃었다.

'미혼섭혼공이로군. 완전히 제압된 것 같군.'

은염교가 숨을 거칠게 몰아서더니 자리에서 일어섰다.

"이 연놈들이 정말!"

콰당당!

은염교가 탁자를 엎어버렸다.

"감히 내 앞에서 풍천을 들먹거려! 너희가 죽고 싶어 환장을 한 모양이구나!"

삽시간에 십령주와 녹림의 고수들이 고죽상인과 천향선자를 에워쌌다. 세가의 기재들 곁으로도 녹림도들이 만약의 사태를 대비해 칼과 도끼를 겨누었다.

고죽상인과 천향선자의 얼굴이 하얘졌다.

손약란이 술을 입에 털어 넣고, 주변의 녹림도들을 향해 손을 휘저었다.

"치워라. 오태산에 이제 송장 묻을 곳도 없어. 좀 쉬엄쉬엄 묻자."

그 말에 세가의 기재들을 에워싼 녹림도들이 손을 내렸다.

손약란이 소리를 높여 고죽상인 쪽을 향해 외쳤다.

"풍 뭐시기는 이름도 꺼내지 마. 한 번만 더 그 이름이 나오면 그땐 다 죽는 거여. 그리고 은염교, 적당히 좋은 말로 구슬려서 돌려보내라. 다시 말하지만 물을 데도 없어."

그 주변의 십령주들이 슬그머니 흩어졌다.

고죽상인과 천향선자의 얼굴은 이제 딱딱하게 굳어 있었다.

그들로서는 풍천이란 자가 어떤 인물이기에 녹림이 이런 과한 반응을 보이는지 도무지 이해할 수가 없었다.

그러나 유령곡의 두 특급살수는 대충 상황 파악이 되고 있었다. 두 사람은 청뇌묘산의 운세를 점치고 있었다.

그들의 목적은 풍천이란 자와 애송이였다. 녹림의 반응은 한 가지 사실을 명확히 말해주고 있었다.

풍천과 애송이는 더 이상 이곳에 없다.

녹림왕이 천천세 만만세를 외쳤다는 보고를 감안할 때, 이 잔치는 해방의 기쁨 같은 것이리라.

그렇다면 더 이상 녹림에 머물러야 할 이유가 없었다. 아직 녹림왕을 만나지 못했으니 녹림왕만 접하고 바로 추적을 해야 했다.

상황이 이러자 세가의 기재들도 더 이상 이곳에 있어야 할 이유를 찾지 못했다. 녹림은 잔치를 벌이고는 있었지만 또 한편으로는 뭔가에 짓눌려 있는 듯 보였다. 대화를 나눌 만한 그런 상태들이 아니었다.

바로 그때였다.

"풍~ 천~!"

한소리 웅장한 외침이 산채를 뒤흔들었다.

순간 녹림도들이 누구 할 것 없이 겁에 질려 목을 움츠렸다.

분명 풍천을 부르는 소리였지만 풍천이 다시 나타난 것처럼 두려움이 산채를 휘감았다.

장내에 여섯 개의 검은 그림자가 분분히 떨어져 내렸다.

녹림도들이 병장기를 뽑아 들었다.

고죽상인과 천향선자도 몸을 일으켜 만약의 상황에 대비했다. 세가의 기재들도 마찬가지였다.

느닷없는 무산칠귀의 등장에 유령곡의 특급살수들도 눈을 가늘게 뜨고 바라봤다.

신형이 뚝 떨어져 그 모습이 완연히 드러났다.

무리 중 누군가 소리쳤다.

"무산칠귀!"

녹림총채에 자리한 모두가 무산칠귀라는 말에 한번 놀라고, 이어 무산칠귀가 모조리 모가지를 돌린 채로 서 있는 것에 다시 한 번 놀랐다.

유령곡의 특급살수 공령이 전음을 발했다.

[저건 무슨 무공이지?]

무산칠귀는 등을 돌리고 고개를 뒤로 돌려 꽤나 어려운 자세로 사람들을 바라보고 있었다.

추몽자가 고개를 갸웃했다.

[괴이하군. 역시 강호의 이름난 살인귀들답게 괴이한 것을 익힌 모양일세.]

쾅!

그때 문짝이 부서지는 소리와 함께 녹림왕이 튀어나왔다.

그의 손엔 애병인 녹림천도가 들려 있었다. 아주 토막을 내버리겠다는 각오가 온몸에서 물씬 풍겨났다.

"어떤 놈이 풍천을 찾느냐!"

무상귀가 싸늘히 외쳤다.

"여기 무산칠귀가 왔다! 녹림은 물러서라! 우리는 오늘 풍천과 사생결단을 낼 것이다!"

녹림왕이 인상을 와락 일그러뜨렸다.

정말이지 징글징글한 놈들이었다. 실력이 미치지 못한다는 것을 이미 몸으로 겪었음에도 풍천을 부르고 있었다. 밉상인 놈들이지만 강단 하나는 인정할 만했다. 게다가 지금은 죽음의 냄새까지 풀풀 풍겨내고 있었다. 모가지까지 돌아간 놈들이니 죽이려면 죽이지 못할 것도 없었지만 죽자고 발악하면 애꿎게 수하들을 잃을 것 같았다.

녹림왕은 녹림천도를 내렸다.

"풍천이 떠난 지가 언제인데 소란인 것이냐!"

"헛소리!"

무상귀의 두 눈에서 살기가 번뜩거렸다.

녹림왕은 속이 부글부글 끓었다. 녹림총채에서 살기를 뿌려대는 놈과 대화를 계속해야 한단 말인가! 하지만 녹림왕은 참기로 했다. 회자정리! 풍천을 열심히 쫓아가서 모두가 깔끔하게 뒈지는 것이 백번 나았다.

녹림왕이 말했다.

"내가 네놈에게 헛소리할 이유가 어디에 있겠느냐! 게다가 흑룡방과 흑룡방주는 죽은 것이 아니니 더 이상 귀찮게 하지 말고 떠나도록 해라!"

무상귀가 피를 토하듯 외쳤다.

"바보 취급하는 것이냐! 이미 흑룡방주의 잘린 목을 산 중턱에서 두 눈으로 똑똑히 확인했다!"

그 말에 군웅들의 반응이 엇갈렸다.

녹림왕과 녹림도들은 입을 쩝쩝 다셨다. 그중에서도 손약란은 검지로 콧등을 슥슥 닦는 시늉을 하며 웃었다.

"흐흐, 봐버렸구먼."

그러나 세가의 기재들과 고죽상인, 천향선자, 그리고 유령곡의 특급살수들은 뭔 소리인가 하며 듣고 있다가 벼락이라도 맞은 양 충격에 사로잡혀 멍해져 버리고 말았다.

기재들은 손약란의 말이 사실이었다는 것과 함께 흑룡방의 전멸이 정녕 믿어지지가 않았다. 그것도 무산칠귀의 말대로라면 녹림은 손 한 번 쓰지 않고 오직 풍천이란 자 혼자 그런 일을 했다는 것이다.

고죽상인과 천향선자도 서로를 바라봤다. 내심 서로 경계하곤 있으나 이 일단의 무리 중에서는 그나마 함께 힘을 모아야 하는 두 사람이었다.

둘 다 자신들이 함정에 빠진 것을 깨달았다.

'관산선생… 이 망할 놈이…….'

풍천을 찾아가 죽으라는 것이나 다름없었다.

또한 유령곡의 특급살수들도 마른침을 삼켰다. 일급살수의 모가지를 돌린 채로 그냥 살려서 보낸 것은 자만심이 아니라 충분한 자신감임이 밝혀진 셈이었다.

그때였다.

"풍천님, 얼른 나오세요! 어서요!"

손약란이 뒤쪽을 향해 크게 소리쳤다.

녹림왕이 황급히 입을 틀어막으려고 했지만 한발 늦었다. 녹림도들은 손약란의 괴팍함을 아는지라 혹시 모를 무산칠귀의 발작에 대비했다.

무상귀가 비릿하게 웃었다.

"역시 있었구나. 풍천! 당장 나와라!"

"풍천! 막내의 목숨 값을 받아내고야 말겠다!"

성정이 폭급한 추혼귀가 크게 고함을 지르고는 잠력을 격발시켰다.

그의 안면이 일그러지며 혈관이 도드라지게 일어섰다. 눈은 붉게 충혈되었고, 가슴과 팔, 다리까지 팽창되었다.

모두들 경악하며 뒤로 물러났다.

강호의 경험이 있는 자들이 태반인만큼 지금 추혼귀의 변모한 모습이 무엇을 의미하고 그 위험성이 어떠한지도 잘 알고 있었다.

"풍. 천!"

추혼귀가 다시 외쳤다.

하지만 이번엔 목소리가 전혀 달라져 있었다. 묵직하면서도 어딘가 짓눌린 듯한 음향이었다.

"뭐, 뭐야? 아버지, 쟤 왜 저래?"

손약란이 녹림왕 곁으로 다가가 물었다.

녹림왕이 다급히 손약란을 붙들고 뒤로 훌쩍 물러났다.

"제발 경솔하게 굴지 마라."

"알았어. 근데 쟤 왜 저러냐고?"

"흐음, 얼굴에 살기가 가득하더니 역시나 죽을 작정을 하고 온 모양이구나. 폭혈공의 일종이다. 모든 내력을 스스로 격발시켜 터뜨리려는 게지. 그렇게 되면 피와 살이 마치 치명적인 암기처럼 쏟아져 주변 십 장은 초토화되고 만다. 저놈들이 무식하게 잠력 격발의 수법까지 익히고 있을 줄은 몰랐구나."

추혼귀의 상태는 점점 더 악화되어 갔다.

무상귀의 얼굴에 초조함이 깃들었다. 추혼귀의 시간은 얼마 남지 않은 것이다. 풍천이 이대로 뜸을 들이고 나오지 않는다면 추혼귀는 의미없는 죽음을 맞게 될 터였다.

"풍천, 비겁하게 숨지 말고 어서 나와라."

추혼귀 곁에는 무산칠귀만 머물고 있을 뿐, 다른 이들은 모두 이십 장 너머로 물러나 있었다.

그때 손약란이 소리쳤다.

"어이, 이봐! 미안해. 장난이었어. 풍천은 진짜 떠났어."

곧 폭발 직전의 추혼귀는 물론이고 무산칠귀는 얼이 나가 버렸다.

"정말… 이냐?"

무상귀가 녹림왕을 향해 물었다. 목소리가 떨려 나왔다.

녹림왕이 말했다.

"풍천은 떠났다. 아무리 불러도 소용없다. 네놈들이 이렇게 소란을 피우는데 풍천이 이곳에 있다면 그 성격에 그냥 듣고만 있겠느냐?"

추혼귀가 눈으로 자신의 몸을 한차례 훑었다. 돌이킬 수 있는 방법은 없었다. 생의 마지막 불꽃을 태운 것은 반드시 태워져야만 했다. 한번 격발한 잠력은 되돌릴 수 없었다.

추혼귀의 붉게 핏발 선 두 눈에서 눈물이 흘러내렸다.

그들의 목표는 풍천! 추혼귀는 녹림 무리 속으로 뛰어들 수도 없었다. 녹림과 분쟁이 나면 남은 형제들은 풍천을 죽일 기회를 얻지 못하고, 결국 이곳에서 모조리 뼈를 묻게 될 터였다.

"형.님……."

추혼귀의 음색은 변해 있었지만 그 목소리엔 처연함이 가득했다. 강호에서는 살인귀로 통했다. 누군가를 죽이고, 또 언젠가는 죽을 것이라고 생각했다. 하지만 이런 식의 죽음은 단 한번도 생각해 본 적이 없었다. 이건 자살도 아니고, 타살도 아니었다. 그냥… 그냥 죽어버린 것이었다. 누군가 옛 일을 떠올리며 '추혼귀는 어떤 죽음을 맞았지?'라고 묻는다면 그 대답은 '그냥'이 될 터였다. 왜 대답을 똑바로 안 하냐며 싸움이 날지도 모를 일이었다.

추혼귀는 울 수도, 웃을 수도 없었다.

무상귀와 통천귀 등이 추혼귀를 안타깝게 바라봤다. 성급했다, 왜 확인도 하지 않고 섣불리 격발했느냐 따위의 책망이 무슨 소용이 있겠는가.

 추혼귀의 입매가 뒤틀렸다. 툴툴거리는 웃음이 새어 나왔다.

 이윽고 추혼귀가 하늘을 향해 울부짖었다.

 "말도 안 돼! 씨발, 이게 도대체 뭐란 말……."

 콰쾅!

 굉음과 함께 추혼귀의 몸이 산산조각나며 터져 버렸다.

 그 곁에 머물던 무산칠귀, 아니, 이제 무산오귀라 불려야 할 다섯 의형제가 터지기 직전에 신형을 분분히 날려 그 자리를 벗어났다.

 가공할 파괴력에 주변 십여 장이 초토화되고 작은 분지가 형성되었다.

           *   *   *

 녹림총채로 다양한 목적을 지닌 방문자들이 향하고 있을 무렵, 도유강은 연공의 끝자락에 이르고 있었다.

 부르르르.

 가부좌를 튼 채로 도유강이 몸을 격하게 떨었다.

 벽면을 응시한 두 눈동자는 마치 벽 이외엔 아무것도 보이지 않는다는 듯 못 박혀 있었다. 분명히 눈을 뜨고 있지만 의식은 사물을 인지하지 못하는 것처럼 몽롱했다.

그런 도유강을 뒤쪽에 시립한 풍천은 걱정스러운 눈길로 바라보고 있었다.

오늘로 열흘째였다.

도유강은 처음 앉은 자세를 여전히 유지했고, 풍천도 처음 서 있던 그 자세 그대로였다. 그동안 두 사람 모두 물 한 모금 축이지 않고 있었다.

얼마나 지났을까. 도유강의 떨림이 멎었다. 그사이 도유강이 눈을 감았다.

"후우우!"

길게 숨을 토해냈다. 한겨울의 입김과 같이 안개 같은 것이 도유강의 입에서 뿜어져 나왔다. 새하얀 입김이 아니라 붉은 안개가 몽실몽실 피어올랐다.

이윽고 안개는 거미 형상으로 변했다. 마치 살아 있는 것처럼 이마를 거쳐 정수리 쪽으로 이동했다. 붉은 거미는 머리 꼭대기에 이르러서는 백회혈로 머리부터 파고들었다.

"흠… 다섯 번째가 끝났군."

풍천이 낮게 중얼거렸다.

부르르르.

다시 도유강의 몸이 격하게 떨리기 시작했다.

눈은 다시 떠져 몽롱이 벽면을 향했다.

누가 보더라도 아무런 이지도 없이 그저 넋을 놓고 있는 모습일 뿐이었다.

하지만 정작 도유강의 뇌는 가공할 정도로 빠르게 활동 중이었다. 오직 도유강의 눈에만 보이는 벽면의 변화가 고스란히 머릿속에 파고들고 있는 것이다. 이것은 의지를 가지고 기억하는 것이 아닌, 그야말로 머리와 몸에 조각하듯 새겨 넣는 것이라 할 수 있었다.

 ―지주절심장(蜘蛛絶沈掌).

 지금 도유강은 지주현공을 기반으로 하는 장법인 지주절심장을 각인받고 있었다. 무수한 구결들이 빠른 속도로 머릿속으로 틀어박혔다. 그뿐 아니라 구결들이 의미하는 바 그 진의가 마치 오래된 것처럼 이해되었다. 지주절심장만이 그런 과정을 거친 것이 아니었다.
 지주현공의 포괄적인 운용이 그 첫 번째였고, 두 번째는 경신술의 복영쾌신(輻影快身), 세 번째는 용을 포박한다는 뜻의 지주포룡수(蜘蛛捕龍手), 공포심을 스멀스멀 피어나게 하는 음공인 탈혼뇌정음(奪魂腦精音)이 네 번째였고, 초감각력을 일깨우는 지주잠령(蜘蛛潛靈)이 다섯 번째, 지주절심장이 여섯 번째를 이루고 있었다.
 이 모든 것은 구결과 진의, 그리고 마치 머릿속에서 실전처럼 그 모든 것을 펼쳐 보이는 상황으로 이뤄졌다. 즉, 머릿속에서 도유강이 또 다른 도유강을 만들어 그 속에서 연마하는 일들이었다.

부르르르르.

격한 울림이 끊임없이 도유강을 뒤흔들었다.

풍천은 그 광경을 보다가 지그시 눈을 감았다.

시간이 빠르게 흘렀다.

도유강의 떨림이 잦아들었다. 그전과 마찬가지로 도유강이 눈을 감았다.

"후우우……!"

길게 숨을 토해낸 숨결에 붉은 안개 형태의 거미가 정수리로 이동해 백회혈로 파고들었다.

"여섯 번째는 빠르구나."

풍천이 낮게 중얼거렸다.

잠시 후 도유강이 눈을 떴다.

번쩍!

두 눈에서 기광이 퍼져 나왔다. 순식간에 그 주변이 환하게 밝아질 정도로 밝은 광채였다. 안광이 가라앉으며 도유강의 눈은 그전과는 비할 데 없이 고요함을 머금고 있었다.

도유강은 벽면을 바라봤지만 아무런 변화가 없자 비로소 지주현공의 모든 것을 습득했음을 알 수 있었다.

'신기한 일이로구나.'

지주현자가 스스로의 음성을 먼 미래에까지 남긴 묘용만으로도 결코 범상치 않음을 알 수 있었거늘 무학마저도 순식간에 머리와 몸에 각인시킬 줄은 상상조차 못했다. 지주현공은 이제 완전히 몸에 체화된 느낌이었다. 마치 오래전부터 익혀

온 것 같았다.

'지주포룡수!'

속으로 중얼거리자 밀물처럼 구결이 떠오르고, 초식의 전개가 눈앞에 펼쳐지는 듯했다. 금나수의 일종이나 지주현자가 용을 포획할 수 있다고 자부한 것처럼 초식의 변화가 눈이 부실 정도로 현묘했다.

다음으로 경신술인 복영쾌신을 떠올려 보았다.

지주(거미)의 특징을 고스란히 간직한 경공이었다. 머릿속에서 펼치는 대로라면 벽이나 천장 그 어느 곳이라도 흔적조차 없이 이동할 수 있었다. 게다가 그 빠름은 상상을 초월했다.

'탈혼뇌정음!'

음공이었다.

음공이지만 소리를 직접 내는 것은 아니었다. 사자후는 인간의 청력 영역 내에서 놀라움을 안겨주지만 탈혼뇌정음은 청력 밖 무의식을 공격하는 것이 특징이었다. 표적을 정하고 음공을 시전하면 상대는 공포심에 사로잡히게 된다. 서로 생사결을 치르는 동안 가장 경계해야 할 부분은 두려움이었다. 두려움은 본신의 힘을 다하지 못하게 만들고 만다.

그다음 지주잠령은 지주현공만의 가장 큰 장점이랄 수 있었다.

무공을 익힌 자라면 보통 사람들과는 확연히 구별되는 감각을 지니게 되는데 지주잠령은 청력과 안력, 위험을 감지하고 살기를 숨기는 등의 모든 감각적 나아감과 유보를 가능케 했다.

끝으로 지주절심장은 최고의 무학이라 할 만했다.

그 파괴적인 힘은 가로막는 무엇이든 다 부서뜨릴 만큼 엄청난 것이었다.

도유강은 되새김을 마치고 자리를 털고 일어섰다.

'하루에 이 모든 것을 성취하다니 지주현자는 굉장한 자였군.'

지주현자는 열흘을 말했지만 사실은 단 하루에 불과했다. 어쩌면 자신을 더욱 과시하기 위해 열흘이라는 말도 남겨둔 듯싶었다.

기다렸다는 듯 풍천이 입을 열었다.

"주군, 드디어 성취를 이루셨군요. 긴 시간 고생이 많으셨습니다."

"긴 시간?"

도유강이 고개를 갸웃했다.

얻은 바 무학의 성취에 비해 채 하루도 되지 않은 시간을 표현하는 것으로는 과한 표현이었다.

"말이 과하구나. 이 정도로 긴 시간이라고 할 수는 없지."

"주군의 깨달음이 그만큼 대단한 듯 보입니다. 주군, 어느새 열흘이 지났습니다."

"열흘? 정말이냐?"

"그렇습니다, 주군."

풍천이 농담을 즐겼다면 모르지만 농담을 할 수 있는 능력이나 있는지 의심스러운 터라 믿지 않을 수 없었다. 정녕 눈 깜짝할 사이에 열흘이 지난 것이다. 그래도 희한하게도 일체의 허기짐이나 피곤함이 없다는 것이 신기할 따름이었다. 아니, 도리어 체력이 비축된 느낌이었다.

"넌 좀 무얼 먹었느냐?"

"주군께서 지존의 행보 중이시거늘 제가 어찌 감히 식탐을 부릴 수 있겠습니까. 소인은 주군의 성취하시는 것만 봐도 힘이 솟는 것이 마치 만년산삼을 복용한 것 같습니다."

역시나였다. 이것이 바로 풍천이었다. 아마 열흘이라는 기간 꿈쩍도 하지 않고 걱정스럽게 바라보고 있었으리라.

도유강은 안쓰럽게 풍천을 바라봤다.

이제 풍천을 제압해야 한다.

'풍천… 네가 나를 강제로 마교 교주로 앉히려 하지 않는다면 우린 좋은 친구가 될 수도 있을 것이다. 하지만 그것은 어려운 일이겠지.'

이제 지주현공을 통해 천하에서 가장 고강한 무공의 소유자가 되었다. 게다가 만독불침까지 이루었다. 그 성취의 첫 번째 희생물은 풍천이었다. 물론 죽일 생각은 없었다. 단지 힘의 우위를 보여주면 그만이었다. 당장은 풍천이 분노할지 모르나 풍천도 풍천 나름의 삶을 살아야 했다.

"흠, 고생이 많았다."

"고생이라니 감히 받아들일 수 없습니다."

풍천이 바로 머리를 조아렸다.

"밖으로 나가기 전 무공 성취를 점검해 보고 싶구나. 풍천, 네가 비무 상대가 되어다오."

"영광입니다, 주군. 그런데 그전에 처리해야 할 일이 있습니다. 잠시만 기다려 주십시오."

"기다리겠다."

스릉!

풍천이 검을 뽑았다.

그전의 도유강이었다면 풍천이 검을 뽑기만 해도 전전긍긍하며 혹시 이놈이 베버리지 않을까 걱정부터 했을 것이다. 하지만 지금의 도유강은 담담히 그 모습을 지켜보았다.

풍천이 만년지주를 향해 검격을 날렸다.

집채만 한 만년지주가 토막 나 바닥에 떨어졌다. 이어 풍천은 도유강이 무공을 얻었던 바닥과 벽면을 향해 검을 날려 벽면을 허물어뜨렸다.

"다 끝냈습니다."

풍천이 검을 집어넣었다.

도유강은 그 모습을 나른히 지켜보았다. 아버지는 정도를 지향하는 과거의 초절정고수의 무공을 익히게 하셨다. 그것은 그만큼 엄청난 무공이기 때문일 것이란 생각이 들었다. 하지만 그 흔적은 지워야 할 것이다.

"자, 그럼 시작하자꾸나."

도유강이 지주현공을 끌어올리고 지주절심장의 기수식을

취했다.

마치 수십 년간 지주절심장을 익힌 기분이 들었다. 어디를 어떻게 공격하는 것이 최선인지, 몇 번째 초식을 구사해야만 하는지까지 상세히 떠올랐다. 그와 동시에 탈혼뇌정음을 구사하기 위해 입술을 달싹거렸다.

"주군, 손속에 사정을 두십시오."

풍천이 주춤 몸을 움츠렸다.

"그래야겠지."

도유강이 튕기듯 신형을 날렸다. 풍천이 그에 맞서 장력을 뻗었다.

'보인다.'

풍천의 움직임이 한눈에 들어왔다. 팔의 각도, 허리의 뒤틀림으로 그다음 과정이 선명히 잡혔다.

파앙!

도유강의 손이 풍천의 방어를 뚫고 가슴에 적중했다.

"크으윽!"

풍천이 뒤로 날아가 석실의 벽면에 부딪쳐 떨어졌다.

도유강은 태연히 그 모습을 지켜봤다. 이미 이렇게 될 줄 알 수 있었다. 당연한 결과였다. 탈혼뇌정음을 통해 풍천은 본신의 힘을 제대로 펼칠 수 없었던 것도 있지만 지주절심장의 장력의 가공함은 제아무리 금강불괴라도 소용이 없는 것이다.

지주현자가 자부할 만했다.

최고의 무학! 천고의 절학!

그것이 바로 지주헌공의 모든 것이었다.

"일어날 수 있겠느냐!"

"대단하십니다. 소인은 그저 놀라울 따름입니다."

풍천이 기습적으로 신형을 날렸다. 풍천의 두 손은 도유강의 머리를 돌려 버리려는 것 같았다.

도유강이 순간적으로 양팔을 교차하며 회전시켰다. 풍천의 팔과 맞닿으면서 가공할 경력이 회오리쳤다. 풍천의 몸이 풍차처럼 돌며 튕겨 나갔다.

"훌륭한 기습이었다. 검을 들어라."

스릉!

검을 뽑아 든 풍천의 눈에 분노가 떠올랐다.

"주군, 각오하십시오."

"좋은 마음가짐이다."

도유강은 복영쾌신으로 바닥을 스치듯 나아갔다. 풍천이 검에 황금빛이 맺히더니 그대로 수평으로 그어졌다.

검강이었다.

'흠, 꽤나 분한 모양이군.'

도유강은 신형을 솟구쳐 검강을 스쳐 지나가게 하고, 그대로 풍천의 목덜미를 잡아채 바닥에 패대기쳤다.

지주포룡수였다. 가느다란 거미줄이 큰 벌레들을 꼼짝달싹 못하게 하는 것처럼 지주포룡수는 그와 같은 묘용이 있었다.

풍천의 몸이 단단한 바닥을 깨뜨리고 절반쯤 묻혀 버렸다.

작정하고 펼친 보람이 있었다.

도유강은 희미하게 웃었다. 죽을 정도는 아니었다. 하지만 최소 한 달가량은 제대로 운신하기 어려울 터였다. 이제 끝이었다. 그토록 소망했던 길, 피와 살이 튀는 이 강호를 떠나 그저 일상의 기쁨을 누릴 수 있는 삶이 성큼 눈앞으로 다가왔다.

중원 최남단 해남도로 가리라. 사시사철 따뜻한 그곳에서 평온한 나날을 보내고 싶다.

강호와는 거리가 먼 순백의 여인을 만나 사랑을 하리라. 부족할지라도 따뜻한 시선으로 지켜봐 주는 그러한 여인, 사랑하는 사람이 만들어준 음식을 먹고, 사랑의 눈길을 나누며, 한여름 나무 그늘 아래에서 사랑하는 사람의 무릎을 베고 누워 바람에 떠가는 구름을 보는 것……. 그 미래가 손에 잡힐 듯 머리로 떠올랐다.

전전긍긍하는 마교 교주는 끝났다.

이제 뜻을 세우고 작은 기쁨을 만들어가는 평범한, 하지만 당당한 한 사람이 되리라.

풍천은 죽은 듯 꿈쩍도 하지 않았다.

'일단 먹을 것을 챙겨 와야겠군. 몸이 회복될 때까지는 뭘 좀 먹어야 할 테니.'

자신은 만년지주액의 효용이 남아 거뜬했지만, 풍천은 열흘간 아무것도 먹지 않은 상태였다. 거기에 한 달을 더 부상당한 몸으로 이 동굴에서 홀로 버텨야 했다.

복영쾌신이라면 절벽은 평지나 다름없었다. 녹림이 가깝겠지만 괜히 이 상황에서 녹림에 다시 간다면 놀라움만 더하게 해줄 뿐이다. 마을로 가서 최소 한 달치 분량의 음식을 구해 와야 했다.

도유강은 천장을 향해 장력을 발출했다.

펑!

부스스.

돌가루가 분분히 떨어졌다. 그 속에서 도유강은 함께 떨어져 나온 야명주 세 개를 품에 챙겼다. 거부가 될 생각은 없었다. 적당한 부를 이루고 또 나름 직업을 가지며 살면 되는 것이니까. 그래도 야명주 세 개면 기반을 잡는 데 충분했다.

"풍천, 다녀오마!"

도유강은 나직이 뇌까렸다.

그때였다.

풍천이 벌떡 일어섰다.

"주군, 함께 가시죠."

도유강이 입을 쩍 벌렸다. 풍천은 일어나서는 안 되는 것이었다. 일어날 수 없어야 했다. 아니, 최소한 비틀거리면서 일어나야 했다.

"너… 어… 어떻게……."

지주절심장과 지주포롱수에 당했다. 내상을 당해도 크게 당해야 했다. 그런데 벌떡이라니!

"견딜 만합니다."

"너, 넌 아직 운신할 수 있는 상태가 아니다. 무리하지 않아도 된다."

목소리가 절로 떨려왔다.

최강의 무학이었다. 아버지의 안배! 역대 최고의 마교 교주가 되길 희망하신 아버지의 심혈이 기울어진 안배가 아니던가 말이다.

"주군이 가시는 길이 어디라도 저는 당연히 가야 합니다."

"움… 움직일 수 있단 말이냐?"

"물론입니다."

도유강은 눈물이 쏟아지려는 것을 참아야 했다.

"이 새끼는 대체……."

정말 강했다. 도유강은 상황을 비로소 이해할 수 있었다. 풍천은 고의로 맞아준 것이다. 이 자식이 봐준 것이다. 마치 녹림도 앞에서 의자로 찍어버렸을 때, 픽하고 쓰러졌던 것처럼 용기를 북돋워 주기 위함이었던 것이다.

꿈이 산산이 부서져 내렸다.

따뜻한 해남도와 청아한 아름다움으로 따스한 눈길을 보내던 사랑하는 여인이 연기처럼 사라지고, 그 대신 강호의 암투와 피의 산이 나타났다.

"이럴 순 없어! 이건 사기야!"

도유강은 곧바로 석실 밖으로 몸을 날렸다. 복영쾌신을 펼쳐 동굴을 따라 질주했다.

"주군, 기다리십시오!"

풍천의 목소리가 동굴에 울려 퍼졌다.

도유강은 동굴을 지나며 벽과 천장을 향해 장력을 퍼부었다. 돌무더기가 부서져 내렸다.

이윽고 동굴의 입구에 이른 도유강은 망설임없이 절벽을 타고 움직였다.

복영쾌신은 가히 절정의 경공술이었다.

절벽의 경사는 거의 직각을 이루고 있었지만 그 험준함을 평지를 달리듯 할 수 있었다. 단지 두 발만이 아닌 두 손까지 이용해야 했다. 벽에 닿을 때면 저절로 내기가 움직여 흡착과 반탄을 빠르게 되풀이하기에 가능한 일이었다. 그것은 마치 거미가 벽과 천장을 마음껏 활보하는 것과 같은 이치였다.

아래로 내려가던 도유강은 이내 생각을 고쳐먹었다. 풍천이 따라오고 있다. 아래라면 풍천이 더 빠르게 움직일 수 있을지도 모르는 일이었다.

도유강은 방향을 틀어 절벽을 타고 올라갔다. 거의 역경사가 펼쳐졌으나 아무 문제가 없었다.

"주군~!"

풍천의 외침이 산 전체에 울려 퍼졌다.

뒤를 돌아봤다. 풍천이 펄쩍펄쩍 뛰어 달려오고 있었다. 그 모습을 보니 조금 안도가 되었다.

'절벽에서라면 내가 더 빠르다.'

경사가 직각보다 작은 곳은 두 발로도 달릴 수 있었다.

최고의 무공? 도유강은 지주현자가 눈앞에 있다면 주먹을 날려 이빨을 모조리 뽑아버리고 싶었다. 아버지는 도대체 무슨 생각으로 수하도 제대로 이길 수 없는 무공을 안배라는 이름으로 붙여놓았단 말인가. 정녕 크게 한탕 사기를 당한 기분이었다.

"주군~!"

다시 한 번 풍천의 외침이 메아리쳤다.

* * *

추혼귀가 떠났다.

무상귀와 아우들은 망연자실 푹 파인 분지를 바라봤다.

고목귀가 어이없이 죽은 지 얼마 지나지 않아 추혼귀 또한 허망하게 세상을 뜨고 말았다.

당장 이 자리에 있는 모두를 죽여 버리고 싶은 충동이 솟구쳤다. 그러나 무상귀는 마음을 억눌렀다.

풍천이어야 했다. 이곳에 있는 모두를 죽일 수도 없지만, 다 죽일 수 있다고 해도 가치없는 일이었다.

그때 녹림왕이 입을 열었다.

"너희들이 죽을 각오로 온 것은 알겠다. 하지만 소용없는 짓이다."

무상귀가 길게 숨을 토해내며 물었다.

"풍천은 어디로 갔지?"

"모른다."

"말해."

녹림왕이 발끈했다.

"이 새끼야, 모른다니까. 네놈만큼 나도 할 수만 있으면 풍천을 죽이고 싶다. 그놈이 입만 열었다 하면 주군, 주군 해대는 그 목소리만 들어도 미쳐 버릴 것 같다. 더 열받게 하지 말고 좋은 말로 할 때 떠나라. 네놈들이 풍천 대신 녹림을 상대하겠다면 받아주겠다."

그때였다.

"주군~!"

익숙한 목소리.

풍천이었다.

녹림왕과 녹림도들의 안색이 해쓱하게 변해 버렸다.

그러나 무산칠귀는 놀라는 것에 그치지 않았다. 그중 호목귀와 흑면귀가 잠력을 격발했다.

추혼귀가 잠력을 격발한 것과는 달랐다. 이번엔 분명히 풍천의 음성이었다. 호목귀와 흑면귀는 두 눈이 붉게 변해 살기등등했고, 혈맥이 부풀어 굵고 시퍼런 핏줄이 얼굴과 목에 선명히 드러났다.

총채에 모인 모두가 숨을 죽였다.

녹림에겐 두려움의 대상으로, 무산칠귀에겐 복수의 대상으로, 고죽상인과 천향선자, 유령곡의 살수들에겐 애매함과 꺼

림칙함으로, 세가의 기재들에겐 두려움과 호기심의 대상으로 풍천을 기다렸다.

적막함 속에 짧은 순간이 마치 억겁처럼 느껴졌다.

휘이잉~

한줄기 바람만이 스쳐 지나가고도 당장 눈앞에 나타날 것만 같던 풍천은 모습을 드러내지 않았다.

손약란이 녹림왕에게 속삭였다.

"아버지, 저것들 성질 엄청나다. 사람이 저렇게 막 터져 버려도 되는 거야?"

녹림왕은 인상만 찡그렸다.

호목귀와 흑면귀가 울부짖었다. 한계상황이었다.

"풍천! 이 개새끼야!"

"으아아악! 씨발, 내가 왜 이렇게 죽어야······."

콰쾅!

콰쾅!

호목귀와 흑면귀가 산산이 터져 나갔다.

이제 무상귀는 완전히 정신이 나가 버렸다. 일곱 중 이제 남은 건 셋.

풍천이 돌린 모가지 때문에 하나가 갔고, 풍천이 온다는 말에 속아 또 하나가 가더니, 풍천의 외침 한마디에 두 아우가 한꺼번에 터져 죽고 말았다.

"풍천, 네놈을 용서치 않겠다!"

무상귀가 목소리 방향으로 신형을 날렸다.

그 뒤를 통천귀와 백발귀가 쫓았다.
그때 다시 풍천의 음성이 들렸다.
"주군~!"

  『전전긍긍 마교교주』 3권에 계속…

閻王眞武
염왕진무

김석진 新무협 판타지 소설

"그, 그럼 어디서 오셨습니까?"
무심하게 고개를 돌리며 진무가 속삭이듯 말했다.

……지옥에서.

인간이라면 절대 익힐 수 없다는 강호삼대불가득!
그것에 얽힌 비사를 풀기 위해 그가 강호로 나섰다!
피처럼 붉은 무적의 강기, 혼돈혈애를 전신에 두르고
수라격체술과 염왕보로 천하를 질타하는 쾌남아, 진무!
염왕의 진실한 무학을 발현하여 무림삼패세와 고금십대천병을
이겨내고 속세의 악업을 심판하는 진정한 염왕이 되어라!

이제 강호는 진무의
일거수일투족에 열광한다!

유행이 아닌 자유추구 -
WWW.chungeoram.com
Book Publishing CHUNGEORAM

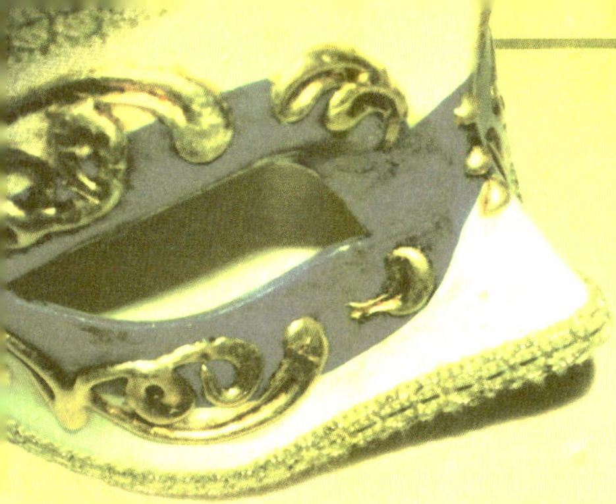

눈매 퓨전 판타지 소설

the Mask of Leon

가면의 레온

**중원을 공포로 떨게 만든 희대의 악마, 혈마존.
그의 영혼이 기억을 잃은 채 차원 이동을 한다.**

한 소년과 몸이 바뀐 후 깨어난 혈마존.
기억은 지워지고 싸가지없는 본성만 남았다!
욱할 때마다 튀어나오는 살벌한 말투와 그의 독자 무공.

'아, 나는 왜 이렇게 성격이 더러운가?
어째서 이리도 잔인한 기술을 알고 있는 것인가? 착하게 살고 싶다.'

살인광이었던 그가 전혀 어울리지 않는 대신관이 되기로 결심한다.
하지만 그 본성이 어디 가나…….

"이런 빌어 처먹을 놈들, 신전에서 봉사 활동 안 할래?"

- 유행이 아닌 자유추구 -
WWW.chungeoram.com
Book Publishing CHUNGEORAM

임준욱 장편 소설

무적자

WITHOUT MERCY

그의 이름은 임화평(林和平)이다.
이름처럼 살기를 소망했고 그렇게 살아왔다.
그를 건드리지 말았어야 했다.
조용히 살게 놔두었어야 했다.

"너희들 실수한 거야.
내 세상의 중심,
내 편안의 근거를 깨뜨린 거다.
세상 전부와도 바꿀 수 없는……
알게 해주마, 너희들이 누구를 건드린 건지."

그의 고독한 여정이 시작되었다.

―오, 바라타족의 아들이여. 언제든지 정의가 무너지고 정의가 아닌 것이 판을 치는 때가 되면 나는 곧 나 자신을 나타내느니라.
올바른 자를 보호하기 위하여, 악한 자를 멸하기 위하여, 그리하여 정의를 다시 세우기 위하여, 나는 시대에서 시대로 태어난다.

〈바가바드기타 중에서〉

유행이 아닌 자유추구 -
WWW.chungeoram.com
Book Publishing CHUNGEORAM

정봉준 新무협 판타지 소설

『철산전기』의 작가 정봉준!!!
팔선문을 통해 또 다른 유쾌함을 선사한다!!

뛰어난 자질을 갖춘 팔선문의 대제자 유검호.
그의 치명적인 단점은 게으름과 의지박약!

천하제일마두의 기행에 제수없이 동참하게 된 의지박약아.
갖은 고생 끝에 가까스로 고향으로 돌아오다.

"무림? 그딴 건 개나 주라 그래. 나만 안 건드리면 돼!"

시간을 가르는 그의 행보에 무림이 뒤집어진다!!!

유행이 아닌 자유추구 -
WWW.chungeoram.com
Book Publishing CHUNGEORAM

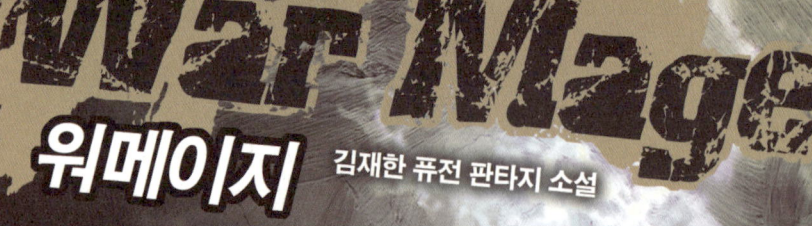

워메이지
김재한 퓨전 판타지 소설

사람들이 인식하는 상식의 세계 이면,
짙은 어둠이 드리워진 그곳에 사는 괴물들이 있다.

문명이 드리운 그림자 속에서, 전투기계들과
인간의 사념으로부터 태어난 마물들이 격돌한다.
마법과 주술이 난무하는 초현실적인 격장,
소년은 그곳에 서는 대가로 인생을 잃었다.
운명의 노예가 되어 가족과 인생을 잃어버린 소년, 진유현.

총염(銃炎)과 검광(劍光)이 뒤얽히는
어둠의 거리에서, 운명의 족쇄를 끊고 나온
소년의 눈이 살의를 발한다.

유행이 아닌 자유추구 -
WWW.chungeoram.com
Book Publishing CHUNGEORAM